DROEMER

VICTOR WITTE

HIER BIN ICH

ROMAN

DROEMER

Das Motto auf S. 7 stammt aus *Glamorama* von Bret Easton Ellis.
Aus dem amerikanischen Englisch von Joachim Kalka.

Besuchen Sie uns im Internet:
www.droemer.de

FSC
www.fsc.org
MIX
Papier aus verantwortungsvollen Quellen
FSC® C083411

Ein Unternehmen der Droemerschen Verlagsanstalt
Th. Knaur Nachf. GmbH & Co. KG, München

Umschlaggestaltung: Network! Werbeagentur GmbH, München
Umschlagabbildung: Alexdino
Satz: Wilhelm Vornehm, München
Druck und Bindung: CPI books GmbH, Leck
Printed in Germany
ISBN 978-3-426-28127-7

2 4 5 3 1

FÜR MICH

The better you look, the more you see.
Victor Ward

1

Ich habe die Ideallinie meiner Augenbrauen genau getroffen. Weder oberhalb noch unterhalb sind nachwachsende Härchen erkennbar, und auch der Übergang von der Nase zur Stirn ist mir einwandfrei gelungen. Meine Augenbrauen ziehen die Aufmerksamkeit aber nicht auf sich allein. Als Bindeglied nehmen sie den Schwung meiner Locken auf und geben ihn an die Lippen weiter. Die Wechselwirkung verleiht meinem Gesicht einen spielerischen Touch, den ich so noch bei niemand anderem gesehen habe. Problemlos kann ich dazu das weiße Hemd unter dem schwarzen Armani-Jackett tragen. In Kombination mit der dunkelblauen Jeans würde das Outfit streng wirken, doch mein Gesicht lockert die Seriosität auf, und so sehe ich nicht zu sehr, aber auch nicht zu wenig nach Prüfung aus.

Mit einem Zwinkern wende ich mich vom Spiegel im Flur ab, greife dann nach meiner Ledertasche und öffne die Haustür. Als ich nach draußen auf das Podest trete, muss ich blinzeln. Der Rasen ist noch feucht vom Tau und schimmert unter den ersten Sonnenstrahlen, als hätte jemand einen Sack Kristalle über unserem Grundstück ausgeschüttet. Ich gehe auf das Gartentor zu. Dabei weiche ich einem Zweig von dem Flieder aus, den meine Eltern im letzten Jahr haben pflanzen lassen und der mittlerweile nicht mehr nur die Hundehütte bedeckt, sondern vereinzelt bis an unseren Steinweg heranwächst. Vorsichtig schiebe ich einen weiteren Zweig beiseite, auf dem feine Wassertropfen wie kleine Käfer lauern, und öffne das Gartentor. Ich drücke den Smart Key, und der Mini One blinkt unter dem Carport auf. Kurz bevor ich einsteige, streife ich den Hemdärmel an meinem linken Handgelenk hoch und werfe einen Blick auf meine Tissot. Die Prüfung beginnt in vierzig Minuten, ausreichend Zeit, um einen guten Parkplatz zu bekommen, ohne Gefahr zu laufen, danach allein auf dem Schulhof zu stehen. Im Mini One schließe ich mein iPhone an und spiele The Game ab, »How we do« feat. 50 Cent. Während der Bass den Track einleitet, starte ich den Motor und schalte in den Rückwärtsgang. 50 Cent und ich beginnen zeitgleich, den Refrain zu rappen. »This is how we do, we make a move and act a fool while we up in the club.« Am Ende unserer Einfahrt schlage ich das Lenkrad ein. Ohne zu bremsen, schalte ich in den ersten Gang. Die Reifen drehen kurz durch, als ich Gas gebe. Im Rückspiegel sehe ich Herrn Schürrle im Jogginganzug. An der Leine hat er seinen Golden Retriever. Der Golden Retriever wedelt mit dem Schwanz.

Auf halber Strecke unserer Straße bleibt mein Blick an dem Haus mit der italienischen Veranda hängen. Normalerweise stehen dort ein BMW und ein Familienwagen von Renault, aber allem Anschein nach ist bei den Leuten einiges schiefgelaufen, denn der BMW wurde durch einen Twingo ersetzt. Mit einem breiten Grinsen komme ich am Ende der Elisastraße zum Stehen. Vor mir tauchen jede Menge Fahrradfahrer auf dem Radweg der Kleinmachnower Allee auf, und deshalb entspanne ich meine Mundwinkel ein wenig, bis aus dem Grinsen ein souveränes

Lächeln wird. Es scheint, als hätten sich mit Ausnahme unseres Abiturjahrgangs alle Schüler zu einer gemeinsamen Tour verabredet, so dicht ist der Strom der Räder vor mir. Während ich auf eine Lücke warte, senke ich die Fenster und lege meinen Arm in den Rahmen der Fahrertür. Ein paar Unterklässler wenden mir ihre Köpfe zu, und da entdecke ich die brünett gelockten Haare und die Sonnenbrille und dieses verdammt süße Lächeln. Für den Bruchteil einer Sekunde haben wir Augenkontakt, dann richtet Marie ihren Blick wieder nach vorn. Als ich sie nur noch von hinten sehe, versuche ich zu erkennen, ob ihr String rausguckt.

Ich lasse die Kupplung kommen und rolle langsam los. Die ersten Räder fahren einen Bogen um mich herum, bis eine Gruppe schließlich anhält, weil ich so weit vorn stehe, dass sie vom Radweg auf die Straße ausweichen müsste. Nachdem ich auf die Allee gebogen bin, drehe ich die Musik ein bisschen lauter und schaue rechts zu Marie, während ich sie überhole. Marie schaut nicht zurück. Benny hat mich vor ein paar Wochen auf sie aufmerksam gemacht. Wir haben sie vorher gar nicht bemerkt, obwohl sie zu dem Jahrgang unter uns gehört, aber das liegt an ihrem Reifeprozess, wie ich auf Facebook feststellen konnte. Von den neun Profilbildern sehen sieben aus wie Vorschauen zu Kinderpornos. Erst ab dem vorletzten fängt ihr Körper an, den lasziven Posen zu entsprechen, mit denen sie in die Kamera schaut, und die Posen selbst werden etwas subtiler. Statt einen offensiven Schmollmund zu ziehen, deutet Marie auf ihrem aktuellen Profilfoto nur einen zarten Kuss an, und ihre Hände sind nicht in die Hüften gestemmt, sondern stecken zwanglos in den Taschen der Jeansjacke, die sie bis zum Bauch geöffnet hat.

Beim Edekamarkt wechsle ich auf die Gegenspur, weil der 623er gerade an die Bushaltestelle heranfährt. Dabei fällt mir der schwarze Junge aus der Grashüpfersiedlung auf, der keinerlei Anstalten macht, seine riesigen Kopfhörer für den Einstieg abzunehmen. Wahrscheinlich denkt er, als Diplomatensohn, oder weshalb auch immer er die John F. Kennedy High School besucht, kann er sich alles erlauben, vor allem auf dem Weg nach Zehlendorf, den er jeden Morgen bewältigt. Ich finde zurück in die Spur und erreiche die Kleinmachnower Kreuzung. »How we do« läuft aus, es ist einen Moment lang still, und ich kann hören, wie sich die Fahrradfahrer an der Ampel unterhalten. Und dann schrecke ich zusammen, weil eine Stimme plötzlich meinen Namen sagt, und diese Stimme ist verdammt nah.

Roland hält seinen Kopf in das Auto. Er sagt: »Wie geht's, wie steht's?«, und seitdem er seinen Vater wieder ab und zu sieht, kommt er mir noch blasser vor als sonst. Seine Haut ist mehlweiß, und die wenigen Pigmente, die seine Haare vielleicht einmal hatten, sind praktisch komplett verschwunden. »How we do« beginnt von vorn.

»Alles klar«, rufe ich und trete ein bisschen auf das Gaspedal, aber Roland verschwindet nicht. Erst als die Ampel auf Grün schaltet und ich ihn wegnicke, geht er einen Schritt zurück. Ich sehe noch, wie er den Daumen hochstreckt, bevor er auf sein Fahrrad steigt, dann habe ich die Kreuzung schon überquert.

Das Einbahnstraßenschild steht immer noch schief. Seit drei Tagen zeigt es leicht nach oben, und während ich in den Fichtenweg biege, frage ich mich, weshalb sich noch niemand darum gekümmert hat. Ich bekomme Gänsehaut. Die Luft, die aus dem kleinen Waldstück herüberweht, fühlt sich an, als käme sie aus einer Kühlanlage. Ich fahre die Fenster hoch und passiere die ersten Parklücken. Nicht unweit des Schultores könnte ich hinter der C-Klasse einlenken, aber ich sehe, dass ein paar Meter weiter noch ein Parkplatz frei ist. Ich rolle vor, und dann muss ich schmunzeln. Das weiße Kurzarmhemd, das sich um Pauls Körper spannt, schließt mit einem schwarzen Kragen ab. Paul steht am Eingang, und hinter den gusseisernen Stäben des Tores ragt unsere Schule empor, und die Schule spiegelt mit ihrem weißen Haupttrakt und dem dunklen Ziegeldach genau das Farbmuster wider, das Paul heute trägt. Als er mich sieht, tastet er nach seinen Haaren, die er in der Mitte zu einem angedeuteten Iro gestylt hat, doch das ist kein prüfendes Tasten, das ist die reinste Verlegenheit. Paul hat die Lücke offensichtlich übersehen oder sich nicht getraut, weiter vorzufahren, obwohl er viel früher da war als ich, und jetzt muss er zuschauen, wie ich an seiner Stelle direkt vor dem Schultor parke. Ich hupe die Fahrradfahrer beiseite, die sich im Rückspiegel nähern. Sie steigen ab und beobachten ebenfalls, wie ich die Lücke ansteuere, wie ich gerade einlenke, als ein Motor aufheult und mein Fuß instinktiv auf die Bremse springt. Ein Achtziger-Jahre-Porsche kommt aus einer Seitenstraße geschossen und rast an mir vorbei auf den Parkplatz, den ich bis eben noch sicher hatte. Ich starre auf das Heck. Ich höre das Ticken des Blinkers. Ich spüre die Blicke der Fahrradfahrer, aber ich schaffe es nicht, meinen Fuß von der Bremse zu nehmen. Im Zentrum der Heckscheibe klebt der preußische Feldjägerstern, den Steffens Großvater angebracht hat, als der den Wagen noch fuhr. Ein Loorbeerkranz rahmt den achtzackigen Stern ein. In der Mitte des Sterns ist ein Adler abgebildet. Über dem Adler befindet sich eine lateinische Inschrift. SUUM CUIQUE, steht dort: Jedem das Seine.

Ich fahre vorsichtig weiter in der Hoffnung, eine andere Lücke zu finden, doch die Plätze nach dem Schultor sind alle besetzt. Es bleibt mir nichts anderes übrig, als eine komplett neue Runde zu drehen.

An der Kleinmachnower Kreuzung schaltet die Ampel auf Rot, genau so, dass ich an erster Position stehen bleibe. Hinter mir ordnet sich ein Touareg ein. Ich versuche, in das Gesicht des Fahrers zu schauen, erkenne aber nichts, weil die Scheibe verstaubt ist und sich an der Stelle seines Kopfes eine braune Schicht befindet, die fast den gleichen Farbton hat wie die Verfärbung auf meinem linken oberen Schneidezahn. Der Fleck ist deutlich kleiner geworden, seitdem ich die Paste benutze, die mir Benny empfohlen hat, als er mich auf meinen Zahn aufmerksam machte: White Polish. Trotzdem ist die Verfärbung immer noch zu sehen, wenn man genauer hinschaut, und dann höre ich das Hupen hinter mir, und in dem Moment merke ich, dass die Ampel längst auf Grün gesprungen ist.

Nachdem ich zum zweiten Mal in den Fichtenweg gebogen bin, nehme ich einen Platz weit vorn, am Ende des Waldes. Ich könnte noch auf die Lücke neben Pauls C-Klasse spekulieren, doch das Risiko, eine weitere Runde drehen zu müssen, ist mir zu hoch. Ich schalte den Motor ab, stecke das iPhone ein und greife nach meiner Ledertasche. Zwei Mädchen schieben ihre Fahrräder den Gehweg entlang. Ich steige aus und drücke den Smart Key. Als der Mini One aufblinkt, drehen sich die Mädchen zu mir, und ich deute ein Lächeln an, während ich den Autoschlüssel in die Tasche meines Jacketts gleiten lasse. Die Mädchen kichern, aber leider sind sie völlig entstellt. Die eine trägt eine Zahnspange, und die Haare der anderen sind hellrot.

Vorn am Eingangstor stehen Paul und Steffen und rauchen. Ich schlage erst mit Paul ein, dann mit Steffen, der mich angrinst. Als ich sage, dass sein Manöver ziemlich knapp war, und meine Hand wegziehen will, hält er mich fest.

»Wirklich?«, entgegnet er, und für einen Moment verschwindet sein Grinsen. »Du weißt doch, dass das mein Parkplatz ist.«

Ich schaue ihm ins Gesicht. Mir fallen die Falten unter seinen Augen auf. Jetzt, wo er nicht grinst, sieht er fast bedrohlich aus.

»Wie auch immer«, antworte ich, und dann schlägt er mir gegen die Schulter und lacht, und ich lache auch. Ich greife nach meinem Etui, als er sich zu mir lehnt und halblaut flüstert, dass er für heute Abend schon einiges verkauft habe.

Ich murmle »Cool«, und Steffen erzählt, es handele sich um ganz frisches Zeug: »Wie wär's mit einem Probepäckchen?«

Ich flippe den Magnetverschluss auf. »Sicher«, sage ich, »warum nicht«, nehme mir eine Zigarette heraus und halte Paul, der gerade seinen Stummel austritt, das Etui hin.

Als Paul zugreift, sehe ich seine Unterarmmuskulatur, die mich an einen Junior Football erinnert. Paul bedankt sich und zündet seine Zigarette an. Nachdem ich mein Etui weggesteckt habe, gibt er mir Feuer und fragt, wo ich hergekommen sei. Verwundert ziehe ich die Augenbrauen hoch. Ich sei von da hinten gekommen, sagt Paul, da wo der Wald aufhört.

»Klar«, erwidere ich.

Paul guckt stirnrunzelnd die Straße herunter, dann holt er seinen Autoschlüssel aus der Hosentasche und lässt seine C-Klasse wenige Meter von uns entfernt aufblinken: »Hab noch was vergessen, gut, dass ich hier vorne stehe.«

Ich ziehe an meiner Zigarette. Die Lücke neben Pauls Mercedes ist immer noch frei.

Steffen hebt seinen Zeigefinger, hält ihn mir vor die Brust und richtet ihn schließlich auf den Boden. »Warte hier.« Er geht zu seinem alten Porsche direkt vor uns.

Ich ziehe wieder an meiner Zigarette, atme diesmal tiefer ein und behalte den Rauch einige Sekunden in der Lunge. Als ich ihn ausstoße, kommen die beiden zurück. Paul balanciert betont lässig einen abgenutzten Radiergummi zwischen den Fingern. Steffen schaut sich kurz um, bevor er mir seine Hand entgegenhält. Ich nehme ihm das kleine Tütchen ab und stecke es in die Innentasche meines Jacketts. Ich schaue beide abwechselnd an und erkläre, dass heute die einfachste Prüfung der Welt ansteht.

»The easiest one«, sage ich, jede Silbe deutlich betonend.

Steffen nickt, und Paul gibt mir mit einem »Stimmt schon« recht, und dann füge ich hinzu, dass das auch nur mein Empfinden sein könnte, weil ich ein halbes Jahr in den Staaten war. Ich zucke mit den Schultern.

»Aber Englisch«, sage ich, »ist so oder so eine leichte Sprache, right?«

In dem Moment höre ich einen lauten Bass kommen: The Game feat. 50 Cent, »How we do«, und ich muss eigentlich gar nicht hinschauen, um zu wissen, dass das Benny ist, der gerade in seinem eissilbernen Audi A3 den Fichtenweg entlangfährt und in der Lücke neben Pauls C-Klasse parkt. Seine nach hinten gegelten Haare und die auf den Kopf geschobene Gucci-Sonnenbrille sind das Erste, was ich sehe, als er aussteigt. Er trägt ein weißes Hemd, dunkelblaue Jeans und braune Lederschuhe, die auf seine Businesstasche abgestimmt sind. Auf der anderen

Seite des A3 erscheint Linda. Ich brauche einen Augenblick, bevor ich sie erkenne, weil sie ihre langen schwarzen Haare zu einem Zopf gebunden hat. Während die beiden auf uns zukommen, löst sie den Haargummi und streift sich ein paar Strähnen vorn über die Schulter, so, dass sie eine Art Tribalmuster auf ihrem weißen Top bilden. Linda begrüßt mich und die anderen mit Wangenküsschen, Benny schlägt bei jedem von uns ein.

»Let's get started, right?« Er lacht in die Runde, und dabei hebt er den linken Arm und schaut auf seine neue Glashütte. Es dauert einen Tick zu lang, bis er den Arm wieder senkt und sagt, dass in zehn Minuten die einfachste Prüfung der Welt losgeht. Dann fügt er hinzu, dass das vielleicht auch nur für ihn so sei. Schließlich habe er ein ganzes Jahr in den Staaten verbracht.

2

Die Luft in der Aula ist stickig. Ich habe mein Jackett zu Beginn der Prüfung nicht ausgezogen, und jetzt ist es zu spät, weil meine Achseln nass sind. Ein paar Reihen vor mir wirft Benny einen Blick auf seine Glashütte. Ihr zurückhaltendes Design entfaltet eine subtile Wirkung. Sogar von hier hinten sticht mir die Uhr ins Auge, macht gleichzeitig aber überhaupt keinen aufdringlichen Eindruck wie etwa die Modelle von Rolex. Als Benny seine beschriebenen Blätter zu einem Stapel zusammenlegt, schaue ich auf meine Tissot. Sie zeigt Viertel vor elf, in fünfzehn Minuten ist Abgabe. Ich habe den Text gut zusammengefasst, die Verständnisfragen ohne Probleme beantwortet und schlüssig argumentiert. Ich formuliere meinen Schlusssatz.

Therefore, Mr. Gates' thesis, that poor people do not need the benefits of high technology, is right.

Ich kratze mir den Nacken, strecke meinen Rücken durch. Benny schiebt seinen Stuhl nach hinten und geht mit dem Stapel zum Lehrertisch, an dem Frau Stienecke sitzt. Lächelnd nimmt sie die Arbeit entgegen, und lächelnd kehrt Benny an seinen Platz zurück, streift seine Tasche über die Schulter und nickt Richtung Ausgang. Ich forme *gleich* mit den Lippen.

Therefore, Mr. Gates' counter thesis, stating that poor

people are not interested in the benefits of connectivity and technology, is right.

Frau Stienecke kündigt die letzten zehn Minuten an. Ich lege meine Blätter zusammen und stecke Bleistift, Lineal und meinen Füllhalter in die Federtasche. Jetzt, da Benny seinen Platz verlassen hat, sehe ich Steffen an dem Tisch davor sitzen. Er lehnt sich zu Paul rüber, und im Profil wirkt sein Mund noch um einiges breiter als von vorn. Der letzte Satz muss absolut stimmig sein, denke ich und hole meinen Füllhalter und das Lineal wieder hervor. Nachdem ich den Schluss ein zweites Mal durchgestrichen habe, halte ich das Blatt etwas von mir weg. Das Ende zieht nun unnötig viel Aufmerksamkeit auf sich. Ich setze einmal in der Mitte der Seite und einmal am Anfang an, streiche jeweils eine Wortgruppe durch und schreibe sie daneben an den Rand. So entsteht ein Gleichgewicht der Verbesserungen, und ich vermeide den Eindruck, ich hätte mir über den letzten Satz zu viele Gedanken gemacht.

Therefore, Mr. Gates' counter thesis, stating that people who subsist on a dollar or two a day are not interested in the benefits of connectivity and technology, is true.

Als ich die Treppe nach unten gehe, klingelt es zur großen Pause. Benny steht vor dem kleinen Springbrunnen in der Nähe der Fahrradständer und unterhält sich mit jemandem. Ich will gerade zu ihm rübergehen, da kommen aus einem Seiteneingang mehrere Schüler aus den unteren Klassen. Ich lockere meinen Gang und achte darauf, dass mein Jackett vorne nicht zu weit auseinanderfällt. Marie geht auf den Springbrunnen zu. Nach ein paar Schritten schließe ich zu ihr auf. Mit etwas Training für den Lower Back könnte sie ihr Potenzial voll entfalten. Ihr Po deutet schon ein sichtbares Volumen an. Er dürfte sich aber durchaus noch etwas mehr absetzen, und auch die Form ließe sich verfeinern. Ein regelmäßiger Workout auf dem Roman Chair käme nicht nur dem Volumen zugute, er würde den Po gleichsam ein wenig anheben und somit den Übergang zum Rücken akzentuieren. Ich berühre Marie aus Versehen am Arm. Sie bleibt stehen, und in ihrer Sonnenbrille kann ich erkennen, dass meine Haare sehr gut sitzen.

»Ist was?«, frage ich.

Marie schüttelt den Kopf. Ihre Brüste wirken auf dem aktuellen Profilbild etwas größer, dafür macht sie live einen noch souveräneren Eindruck. Sie hält meinem Blick stand, und den Ausschnitt ihres Tops setzt sie nicht zu offensiv ein.

»Hey«, sage ich, »ich hab dich doch vorhin gesehen. Als ich im Auto war und du mit dem Fahrrad an mir vorbeigefahren bist.« Und dann füge ich hinzu, dass ich gerade aus der Englischprüfung komme und etwas erschöpft bin. »War aber ganz easy, alles in allem.«

Marie mustert mich. »Ja, ich sah dich auch.«

Ich halte ihr die Hand hin. »Ich bin Leo«, sage ich.

»Marie«, entgegnet sie.

Und während ich ihre Hand drücke, frage ich, ob sie heute Abend mit zu Paul kommen will, wo wir das Ende der schriftlichen Prüfungen feiern. Marie nimmt ihre Hand weg, um jemandem neben uns zu winken.

»Das ist in dieser Villa, oder?«, sagt sie. »Da fuhr ich zufällig vor ein paar Tagen vorbei«, und da fällt mir auf, dass Marie tatsächlich im Imperfekt spricht, als würde sie eine Kurzgeschichte erzählen.

Ich warte, bis sie sich mir erneut zuwendet, fahre dann mit dem kleinen Finger meiner rechten Hand über meine rechte Augenbraue und wiederhole: »Und, kommst du heute Abend?«

Die Marie mit dem Schmollmund-Profil wäre einem jetzt sicher um den Hals gefallen, aber mittlerweile ist sie reif genug, um zunächst den Kopf zur Seite zu neigen und ein paar Sekunden verstreichen zu lassen, bevor sie antwortet: »Gern.« Dann lächelt sie Benny an, der sich zu uns stellt.

»Marie kommt heute auch«, sage ich. »Machen wir ein Warm-up?«

Benny legt Marie seinen Arm um die Hüfte. »Klar«, erwidert er. »Ich hol euch ab. Von mir aus fahren wir weiter mit dem Taxi.«

Marie hat doch noch einiges zu lernen. Als Benny seinen Arm von ihrer Hüfte nimmt und fragt, ob sie auch morgen Zeit habe, steht sie relativ locker da. Aber über ihre Wangen hat sich sanfte Schamesröte gelegt, die sie wie ein pubertierendes Mädchen erscheinen lässt.

»Ich glaube schon«, antwortet sie, und Benny erzählt von dem Jachtclub seines Vaters, und dabei klingt er wie sein Vater selbst, der uns vor ein paar Tagen erklärt hat, dass das eigentlich ein Geschenk zum Abi sein sollte, man den Club ab Juni allerdings nicht mehr mieten könne, weil die Mitglieder dann auch wieder nachts auf ihre Boote wollten.

»Ich bin DuDe auf Facebook«, sagt Benny. »Wenn du mich addest, lad ich dich ein«, und plötzlich fällt mir seine Unterlippe auf. Sie sieht merkwürdig feucht aus, doch als ich ansetze, etwas zu sagen, kommt mir Marie zuvor. Sie freue sich auf heute Abend und auf morgen, versichert sie und gibt Benny ein Wangenküsschen. Nach einem unsicheren Schritt in meine Richtung deutet Marie ein Winken an, dann läuft sie davon.

»Tut mir leid, wir kriegen das Clubhaus wirklich nur

morgen«, sagt Benny und holt einen USB-Stick hervor »Hier. Kleine Entschädigung.«

Ich erwidere, dass ich an MP3s gut versorgt sei.

»Right«, entgegnet Benny. Er zippt das Außenfach meiner Ledertasche auf, lässt den Stick hineingleiten und schaut rüber zu Marie. »Gehen wir noch trainieren?«

Ich kann mich nicht an unseren letzten Ruhetag erinnern. Er liegt sicher über eine Woche zurück. Marie umarmt eine Freundin aus ihrem Jahrgang.

»Brust?«, frage ich.

»Brust«, antwortet Benny.

»Wasn't too bad, was it?«, wendet sich Benny an Paul und Steffen, die zu uns stoßen.

Paul zuckt mit den Achseln. Bis auf die außertextlichen Bezüge sei es tatsächlich recht einfach gewesen.

»Don't try and kid me«, sagt Benny und erzählt von seinem Praktikum, das er in den letzten Ferien bei einem Kunden seines Vaters in den Staaten gemacht hat. Die Firma hätte ein Förderbudget gehabt. »WWW«, erklärt Benny, »Wealth World Wide.« Immer wenn irgendein Betrag dafür vorgesehen war, hätten die Kollegen nur gesagt *Goes to the Double-Us*.

Steffen lacht, und ich überlege, was genau meine außertextlichen Bezüge waren, aber Paul klatscht in die Hände. »Hauptsache, wir sind durch.« Heute stünde die Villa bereit, und morgen ginge es schön mit der Jacht auf den Wannsee. Paul mustert mich.

»Leo«, sagt er nach einer Weile. »Es wird riesig.«

Steffen lacht erneut über irgendetwas, das Benny erzählt.

»Sicher«, erwidere ich. »Ich kann nur morgen nicht. Da ist die Premiere meines Vaters.«

Paul fragt, ob ich nicht nachkommen könne, und ich bemerke Bennys Blick, der von Steffen zu mir rutscht.

»Sie spielen den ganzen *Faust*«, sage ich. »Den ersten Teil. Der dauert sechs Stunden.«

Paul verzieht das Gesicht, als hätte er jemanden übel stürzen sehen.

»Immerhin treffe ich eine alte Freundin wieder«, fahre ich fort. »Anna.«

Paul nickt.

»Anna Maria Mühe, kennst du vielleicht. *Was nützt die Liebe in Gedanken*?«

Auch Steffen schaut mich jetzt an.

»Wir haben uns auf einem Geburtstag meines Vaters kennengelernt. Sie ist etwas kleiner als im Film.«

Paul nickt noch einmal. Ich warte einige Sekunden, bevor ich in lockerem Tonfall hinzufüge, dass ich morgen zwar nicht könne, heute aber sicher dabei sei, und Paul reagiert wie auf ein Stichwort.

»Na siehst du«, sagt er und boxt mir hart gegen die Schulter. »Der ganze Jahrgang kommt.«

Und jetzt schaltet sich Benny ein: »Der ganze Jahrgang«, wiederholt er. »Und Marie.«

Und dann tauchen Linda und Anna hinter ihm auf, unsere Anna, die sogar eine gewisse Ähnlichkeit mit Anna Maria Mühe hat, weil ihr Teint ebenso astrein ist wie der meiner Schauspielerfreundin.

Die beiden stellen sich links und rechts an Bennys Seite. Anna trägt wie Linda ein enges weißes Top und einen kurzen Jeansrock. Und wie Linda hat sie lange, glatte Haare, bloß dass sie nicht schwarz, sondern dunkelblond und vorn zu einem Pony geschnitten sind, der nur knapp über ihren Augen endet.

»Wer ist Marie?«, versucht es Linda auf Deutsch. Zwischen ihren vollen Lippen bleibt ein winziger Spalt, nachdem sie die Frage gestellt hat.

»Just some party guest«, antwortet Benny. »By the way, we start at ten tonight.«

Linda lehnt sich an Benny. »The rest is partying«, sagt sie mit gespielter Theatralik.

»I told you«, erwidert Benny, »the best time was gonna be right before you go back to the States.«

Anna steht mit etwas Abstand neben Benny. Ihre Lippen sind genauso voll wie die von Linda, denke ich, als mein iPhone vibriert. Ich hole es aus meinem Jackett und schaue auf den Screen. Die SMS ist von meiner Mutter, ich muss den Mini One zurückbringen. Ich stecke das iPhone wieder ein und greife nach meinem Autoschlüssel.

»Also«, sage ich, »hab noch was zu erledigen.« Ich werfe Anna einen Blick zu. »Bis heute Abend.«

Annas Lippen öffnen sich, und ihre Pupillen huschen zur Seite wie immer, wenn sie mit einem spricht, und dann höre ich: »Ja, bis heute Abend«, aber die Stimme passt nicht ins Bild. Die Stimme kommt von hinten. Ich drehe mich um, und da ist das Milchgesicht von Roland.

Roland grinst mich an, als würde er erwarten, dass ich irgendetwas sage, und weil mir in dem Moment nichts anderes einfällt, antworte ich nur »Klar, bis nachher« und versuche, neutral zu gucken. Doch ich merke, wie sich meine Augenbrauen zusammenziehen, während ich ihn anschaue, und dann fällt mir auf, dass ich seit einigen Sekunden genau in der Mitte stehe, zwischen allen anderen, und alle fixieren mich. Wie zum Verhör aufgestellte Kameras sind ihre Augen auf mich gerichtet, zeichnen jede Bewegung meines Körpers auf, jedes Zucken in meinem Gesicht, jedes noch so winzige Detail, und ich spüre, wie

Schweiß von meinen Achseln tropft, wie er sich auf Hüfthöhe im Hemd verfängt und feucht durch den weißen Stoff hindurchschimmert, sichtbar für alle vor mir, und wenn ich mich umdrehe, sehen es auch die anderen, ich rühre mich nicht.

Roland hebt seine Hand. »Bis heute Abend«, wiederholt er, und dabei winkt er wie eine Comicfigur, und die Wut, die ich in diesem Moment empfinde, löst mich aus meiner Starre, steigt mir in die Brust, in die Arme, aber ich schaffe es, den Impuls zu unterdrücken.

»Wir sehen uns«, sage ich nur.

Ich wende mich von Roland ab und nicke in die Runde. Als ich zwischen Benny und Anna hindurchgehe, streife ich beiläufig Annas Arm.

3

Vor unserer Einfahrt muss ich Herrn Schürrle ausweichen, der seine Mülltonnen auf die Straße gestellt hat, um sie dort zu putzen. Im Jogginganzug hockt er vor der blauen Papiertonne und wischt mehrfach über dieselbe Stelle. Als ich an ihm vorbeirolle, fällt mir der Spalt zwischen seinem Hosenbund und der Trainingsjacke auf. Die eigentlich weiße Hautfarbe von Herrn Schürrle kann man kaum erkennen, weil sein Rücken von unzähligen dunkelbraunen Leberflecken bedeckt ist. Eine verlässliche Laserbehandlung kostet pro Quadratzentimeter einhundert Euro. Herr Schürrle dreht sich zu mir um und winkt freundlich, dann wendet er sich wieder der Mülltonne zu. An seiner Stelle würde ich einen Tausender investieren, Minimum.

Als ich das Gartentor öffne, steht meine Mutter bereits auf dem Steinweg. Sie trägt eine helle Bluse über einem dünnen schwarzen Rock und hat ihre Sonnenbrille auf, die sie mit der linken Hand etwas anhebt, während sie mit der rechten nach einem Fliederzweig greift. Sie betrachtet die violetten Blüten, riecht daran und murmelt »Herrlich«, bevor sie von dem Flieder ablässt und mich fragt, wie die Prüfung gelaufen sei.

Ich antwortete: »Gut, war ziemlich easy«, und reiche meiner Mutter den Autoschlüssel.

»Das freut mich«, erwidert sie und fügt hinzu, dass sie heute Abend italienisch kochen wolle, weil mein Vater zu Hause sei, und dafür müsse sie in den Großhandel fahren. »In ein, zwei Stunden bin ich zurück.«

Ich sage »Bis später« und will reingehen, als sich meine Mutter noch einmal umdreht.

»Auf dem Herd steht eine Spinatcremesuppe für dich«, ruft sie. »Falls du schon Hunger hast. Und die Endfassung ist gekommen. Schau doch mal rein.«

Daraufhin wendet sie sich ab, streckt den Arm in die Luft und formt eine Art Peacezeichen, wobei sie ihren Mittelfinger etwas einknickt. Für einen Moment hat es den Anschein, meine Mutter deute auf die Sonne oder auf irgendetwas anderes am Himmel, aber dann nimmt sie ihre Hand wieder runter und drückt den Smart Key für den Mini One, der unter dem Carport aufblinkt.

Der gestochen scharfe Dreitagebart, das kleine Muttermal unter dem linken himmelblauen Auge. Die Falten, die sich über die Stirn bis zum Ansatz seines kahlrasierten Schädels ziehen. Ich lege die Fernbedienung auf die Glasplatte, lehne mich zurück in das weiche Leder meines Sofas und schaue auf den Flatscreen. Mein Vater redet über das erste Treffen mit der jungen Regisseurin, darüber, wie er sofort gemerkt hätte, dass da jemand genau weiß, was er will. Er sagt, der Eindruck, den er von dem Drehbuch hatte, habe sich bestätigt. Die Kamera wechselt zu einer schüchtern lächelnden jungen Frau mit kurzen brünetten Haaren. Die Moderatorin fragt sie, ob sie damit gerechnet hätte, schon im Vorfeld ihres ersten Filmes so viel Aufmerksamkeit zu bekommen. Die Regisseurin verneint und sagt, das habe nicht so sehr mit ihr, sondern vielmehr mit der Besetzung der Rollen zu tun. Schnitt auf meinen Vater, der sehr sympathisch guckt.

Ich drücke die Menütaste auf der Fernbedienung und wähle den Hauptfilm aus.

Der Titel erscheint auf schwarzem Hintergrund, dann setzt dezente Streichmusik ein. Das Schwarz löst sich auf, und man erkennt nach und nach den Establisher. Der Fernsehturm ragt hinter Altbauten hervor, es ist früher Morgen. Die Kamera zoomt langsam zurück, ein Fensterrahmen kommt ins Bild. *Mit Christopher Baalberg* wird jetzt eingeblendet. Die anderen Namen werden jeweils mit *und* angekündigt, während die Kamera vom Fenster aus in die Wohnung schwenkt. Irgendwann erreicht sie das Bett, auf dem er liegt. Sein gut trainierter Rücken ist zu sehen, die Kamera zoomt auf den Kopf, auf den Dreitagebart und auf die Augen, die er plötzlich öffnet. Im Film sind sie braun.

Ich nehme eine der Porzellanschüsseln aus der Vitrine in der Küche und fülle sie mit Spinatcremesuppe. Neben dem Topf liegt auf einem Holzbrett ein frisches Ciabatta, von dem ich mir ein Stück abbreche. Aus dem Kühlschrank hole ich Orangensaft und stelle alles zusammen samt Löffel und Glas auf ein Tablett. Irgendetwas irritiert mich, während ich damit über das Parkett auf die Terrassentür zugehe. Der Deckenventilator rotiert wie immer auf mittlerer Stufe, und dabei macht er das gewohnte säuselnde Geräusch. Ich bleibe vor dem Erker unseres Wohnzimmers stehen. Auf dem Esstisch wippt eine weiße Tulpe kaum wahrnehmbar unter den sanften Luftzügen des Ventilators. Vielleicht stand dort gestern noch irgendein anderes Gesteck, aber das ist es nicht. Nein: der Klassikstuhl meines Vaters wurde neu bespannt. Das graue Lederpolster, das jetzt die Sitzfläche und die Lehne bedeckt, beißt sich mit dem Nussbraun des Esstisches, und auch im Vergleich zu den anderen Stühlen wirkt er wie ein Fremdkörper. Die graue Farbe lässt seine Form noch schlichter erscheinen. Wenn man sich dazu den Stuhl aus der Gründerzeit anschaut oder den Empire meiner Mutter, könnte man meinen, der Klassiker sei ein billiges Serienmodell. Mit dieser Ausstrahlung hat er am Kopfende eigentlich nichts mehr verloren.

Zwölf Uhr sechsundvierzig zeigt das Thermometer auf der Terrasse, die Temperatur beträgt vierundzwanzig Grad. Nachdem ich das Tablett auf dem Tisch plaziert habe, ziehe ich mein Jackett aus und hänge es vorsichtig über den Stuhl neben mir. Unter meinen Achseln haben sich Schweißflecken gebildet, die weit nach unten reichen. Ich ziehe auch das Hemd aus und lege es auf den Tisch. In den Scheiben der Terrassenfront sehe ich mein breites Kreuz. Meine Muskeln sind fein definiert, bei meinem Trizeps erkennt man an beiden Armen jeden einzelnen der drei Teilmuskeln, auf meinen Bizepsen ist jeweils eine dicke Ader zu sehen. Meine Bauchmuskulatur sticht hervor, und seit ich auch die schräge Muskulatur trainiere, wirkt der Bauch wunderbar gerahmt. Das alles ist keine Frage des Gewichts, mit dem man arbeitet, vielmehr kommt es darauf an, wie gezielt und kontrolliert ausgewählte Übungen durchgeführt werden. Ich setze mich, schenke mir Orangensaft ein und greife nach dem Löffel. Die Spinatcremesuppe schmeckt sehr leicht, ein Hauch von Minze frischt das Aroma auf. Während ich einen Schluck Orangensaft trinke, spüre ich etwas Rauhes und Feuchtes an meinem Ellenbogen. Ich stelle das Glas zurück auf den Tisch und drehe mich zur Seite, wo Bernhard mich mit seinen Huskyaugen anguckt. Mein Blick fällt auf die Schäferhundohren und auf den Schnauzer, und ich erinnere mich daran, wie wir ihn zu uns geholt haben. Als er vor der Tür stand, war er ganz aufgeregt und wedelte mit seinem Schwanz, und dann machte mein Vater die Tür auf. Bernhard wollte gleich rein, aber unsere Putzfrau war gerade da gewesen. Meine Mutter rief »Halt!«, und sofort griff ich nach Bernhards Schwanz und hielt ihn fest. Bernhard jaulte auf und schnappte nach meinem Arm. Seitdem befinden sich zwei weiße Punkte neben meiner Pulsader, dort, wo er mir seine oberen Eckzähne ins Fleisch bohrte. Es war Bernhards erster Vorstoß, meinen Status in Frage zu stellen. Auch heute noch sucht er immer wieder die Gelegenheit, mich herauszufordern, und immer wieder muss er einsehen, dass er gegen mich keine Chance hat. Jetzt sitzt er vor mir und legt seinen Kopf zurück. Er schnuppert und leckt an meinen Fingern, und dann fasse ich ihm direkt ins Maul. Hinter den Eckzähnen hat er eine Lücke, wo ich fest zupacken kann. Ich schiebe seinen Kopf hin und her, bis Bernhard zu knurren beginnt und versucht, sich zu befreien. Als sein Knurren in ein Jaulen übergeht, löse ich den Griff, und wir stehen auf. Bernhard rennt die dreistufige Steintreppe runter, holt seinen roten Gummiball und kommt zu mir zurück, um ihn vor meinen Füßen fallen zu lassen. Ich nehme den Ball zwischen Daumen und Zeigefinger und werfe ihn bis nach hinten an den Zaun. Erneut rennt Bernhard los, nur dass er den Ball diesmal nicht zurückbringt. Stattdessen lässt er sich fallen und wälzt sich auf dem Rücken. Ich folge ihm, gehe vorbei an dem Tisch und den Holzstühlen auf dem Steinkreis und setze mich auf die Hollywoodschaukel gegenüber dem Pool. Vielleicht ist es sogar schon warm genug. Aber selbst wenn es das wäre, hätte ich keine Lust, den Pool für das erste Baden vorzubereiten. Ich zünde mir eine Zigarette an. Ich höre ein paar Kinder und dann das Geräusch von

Autorädern vorn auf der gepflasterten Straße. Heute Abend, denke ich, ziehe ich mein slimgeschnittenes Hugo-Boss-Hemd an. Dazu die Jeans mit dem latenten braunen Kontrastbesatz auf den Taschen und meine cocktailfarbenen Lederschuhe, die mir mein Vater von einem Italiendreh mitgebracht hat und deren schattierte Spitzen das Outfit vollenden. Ich werde Bulgari Soir auflegen, das mit seinem diskret maskulinen Duft meinen Look bespielt. Wie ein gutes Character Theme ergänzt es die Bilder: Wer mich nicht sieht, nimmt mich dennoch wahr, und so wird jeder Einzelne meine Anwesenheit spüren, ständig und überall.

4

Ich habe meine Sporttasche gerade fertiggepackt, als mein iPhone vibriert. *3pm your place*, schreibt Benny, und weil bis dahin noch Zeit ist, setze ich mich auf meinen Schreibtischstuhl und klappe das Notebook auf. Ich betrachte meinen freien Oberkörper, der sich im Screen spiegelt, während das Notebook hochfährt. Es dauert keine Minute, bis das Spiegelbild abgelöst wird und ich den durchtrainierten Körper in voller Farbe vor dem Hintergrund des Meeres sehe. In der linken Hand halte ich ein Bier, mein rechter Arm ist um Benny gelegt, der im Vergleich zu mir voluminöser wirkt, aber bei weitem nicht so definiert. Ich erinnere mich noch genau an den Tag, an dem das Foto entstanden ist. Paul, Benny und ich waren drei Wochen in Platja d'Aro, und dort hatten wir diesen Ausflug gebucht. Mit ein paar anderen fuhren wir auf einem kleinen Doppeldeckerschiff zu einer abgelegenen Bucht, in der reihenweise Bierfässer aufgebaut waren und ein Imbiss, an dem es frische Burger gab, und Frauen in Bikinis liefen mit Sangriakännchen über den Strand, und man musste nur den Mund aufmachen, schon bekam man einen ordentlichen Shot. Wenn wir genug gegessen und getrunken hatten, ließen wir uns auf dem Flyfish übers Meer ziehen oder auf dem Speedshark, der in jeder Kurve zu kippen drohte. Sobald man nicht aufpasste und den

Griff vor sich locker ließ, rutschte man von seinem Sitz und klatschte ins Meer. Leider war der Ausflug schneller vorbei als geplant. Am Nachmittag bahnte sich ein Gewitter an. Wir kamen gerade von einer Flyfish-Runde zurück, als man uns mitteilte, dass wir schnell zu unserem Schiff müssten, um die Bucht noch verlassen zu können. Auf der Rückfahrt schien immer noch die Sonne, obwohl bereits ein ziemlich heftiger Wind wehte. Unser Schiff schaukelte in langgezogenen Ups and Downs über das Meer, ein paar Mädchen kreischten, und die Jungs blickten über die Reling, als warteten sie auf die Welle, die das Schiff schließlich doch noch zum Kentern bringen würde.

»Schisser«, sagte Benny, während wir vom Oberdeck auf die anderen hinabschauten.

Niemand hatte sich hochgetraut, nur wir saßen dort auf unseren Handtüchern und tranken Bier.

»Ist doch klar«, erwiderte ich. »So wie die Jungs da unten aussehen.«

Paul hob seinen Becher an: »Bei den Wellen würden die keine zwei Sekunden über Wasser bleiben.«

Ich hielt mein Bier ebenfalls in die Luft, und auch Benny streckte seinen Arm aus.

»Ihr habt recht«, sagte Benny. »Und meinetwegen kann das Schiff kentern, die Welt musste schon schlimmere Verluste hinnehmen.«

Nachdem wir angestoßen hatten, lehnten wir uns zurück, blinzelten in die Sonne und genossen das Schaukeln des Meeres.

DuDe und Marie sind jetzt Freunde. Ich klicke auf Maries Fotos, doch es werden keine neuen Bilder dadurch sichtbar, dass wir einen gemeinsamen Freund haben. Ich überlege einen Moment lang, ihr eine Anfrage zu schicken, entscheide mich dann aber dagegen. Marie wird mich schon noch von selbst adden. Direkt über der Freundschaftsinfo wird ein Post von Benny eingeblendet. *Marie's in for Leo. Makes us eight again*, schreibt er in der geheimen *Jacht Trip*-Gruppe. *Anna, Linda, Marie, Steffen (+ 1), Paul (+ 1), and my very self. The crew's set.* Steffen gefällt das. Unter *Veranstaltungen* rufe ich die jahrgangsoffene *Jacht Party* auf, die mittlerweile einundsechzig Zusagen und acht unsichere Teilnahmen hat, und unter all diesen Leute wird sich im Verlauf der Party rumsprechen, dass es eine Fahrt mit der Jacht geben soll, immer mal wieder wird jemand verstohlen über die Stege schauen, ob sich irgendwo etwas regt, und wenn es so weit ist, werden sie alle aus dem Clubhaus gelaufen kommen, und dann stehen sie da, und ihnen bleibt nichts weiter übrig, als Benny und den anderen dabei zuzusehen, wie sie mit der Jacht auf den Wannsee rausfahren. Ich öffne *Die Villa*. Bei drei unsicheren Teilnahmen haben siebenundsechzig Leute fest für heute Abend zugesagt.

Ich hole den USB-Stick aus meiner Ledertasche und stecke ihn in das Notebook. Wenn Benny schon von einer Entschädigung spricht, sind vielleicht zur Abwechslung mal wieder ein paar gute Sachen dabei. Dann sehe ich, was sich auf dem Stick befindet: eine einzelne Videodatei. Ich weiß nicht, weshalb Benny mir nicht einfach den Link zu dem Clip geschickt hat. Kein Artist der Welt ist so underground, dass er auf das Internet verzichtet.

Ich öffne die Datei.

Das Bild auf meinem Screen wackelt stark, bis jemand die Kamera ruhig hält. Man sieht einen leicht erigierten Penis und ein weibliches Gesicht mit einer Brille unter brünetten Haaren. Während die rechte Hand den Penis umfasst, kommen runde Brüste ins Bild, die trotz ihrer

Größe sehr dezente Warzen haben. Die Kleine schließt ihre zarten Lippen um die Eichel, und dabei macht sie die Augen zu, was sehr süß ist, weil man sieht, dass sie zum ersten Mal gefilmt wird. Der Penis erigiert jetzt ganz, und dann schwenkt die Kamera durch das Zimmer, ein Eminem-Poster ist zu sehen und ein riesiger Dollarschein, und noch bevor Benny selbst ins Bild kommt, schlage ich das Notebook zu. Ich höre meine Mutter durch die Haustür kommen und Tüten im Flur abstellen. Einen Moment lang sitze ich da, ohne irgendetwas zu tun, dann klappe ich das Notebook wieder auf. Man sieht Bennys zurückgegelte Haare, darunter die Sonnenbrille mit der Gucci-Aufschrift auf dem linken Bügel und seinen grinsenden Mund, dessen Unterlippe so feucht aussieht wie heute Morgen. Ich schließe das Video, markiere die Datei und drücke *delete*.

Meine Mutter steht in der Küche und räumt den Wochenendeinkauf in den Kühlschrank.

»Ich habe noch mal mit Frau Panzner telefoniert. Ich bring dich morgen um halb drei zu ihr«, sagt sie. »Es kann nur sein, dass ich dich danach nicht abholen kann, dann müsstest du schauen, wie du von dort zum Tanzkurs kommst.« Kurz lächelt sie mir zu, bevor sich ihr Blick auf meinen nackten Oberkörper senkt. »Gehst du zum Sport?«

Ich nicke langsam.

»Leo, alles in Ordnung?«

»Ja«, antworte ich, doch meine Stimme klingt zu tief. Ich setze noch einmal an und erkläre, dass ich etwas geschafft sei wegen der Prüfung. »Aber um halb drei ist gut. Und Benny kann mich sicher danach abholen.«

Meine Mutter zieht einen Camembert aus dem Einkaufskorb und hält inne. »Du sagst mir, wenn es dir zu viel wird, ja, Leo? Ich kann das mit Frau Panzner auch noch mal verschieben.« Sie wartet, bis ich ihr Ja als Antwort wiederhole, und fügt dann mit einem Lächeln hinzu: »Nur zum Tanzkurs solltest du gehen, Roland und Pia haben einiges vor.« Das Programm der beiden decke wirklich schöne Tänze ab, und es wäre schade, die erste Stunde zu verpassen.

Während meine Mutter sich wieder den Lebensmitteln widmet, greife ich in den Wandschrank über dem Herd. Hinter der blauen Box mit dem Multikomponenten-Eiweiß hole ich das Whey Protein hervor. Ich häufe drei Esslöffel des Pulvers in den Mixer neben dem Kühlschrank, fülle den Behälter bis zur Null-komma-drei-Liter-Markierung mit fettarmer Milch und drehe den Regler auf die maximale Stufe. Den fertigen Shake gebe ich in ein Weizenglas. Ich will in mein Zimmer gehen, da dreht sich meine Mutter noch einmal zu mir um. Sie hält einen Macadamiacreme-Aufstrich in der Hand, der nicht in den Kühlschrank gehört, und schaut mich mit einem fragenden Blick an. Ich weiß nicht, weshalb sie ihn nicht einfach auf die Ablage stellt, dorthin, wo all die anderen Aufstriche aufgereiht sind, doch sie scheint unschlüssig, und es vergeht eine ganze Weile, bis sie zum Esstisch schaut.

»Sag mal, wie findest du das Polster? Ich bin mir bei dem Silber nicht so sicher.«

Ich nehme einen Schluck Eiweißshake.

»Dein Vater wollte eine neue Komponente reinbringen.«

Ich schaue zu dem Klassiker. »Also«, antworte ich, »das Polster setzt schon einen eigenen Akzent.« Ich trinke weiter.

Meine Mutter scheint immer noch unschlüssig. »Aber jetzt sag doch mal, Leo, findest du, das passt?«, und dann stellt sie die Macadamiacreme zu den anderen Aufstrichen und verschränkt die Arme.

»Um ehrlich zu sein«, erwidere ich, »das Silber sieht aus wie Grau, und das scheint mir etwas fahl.«

Meine Mutter löst ihre Arme, hebt sie kurz an und lässt sie wieder fallen. »Ich habe es deinem Vater ja gesagt, das Polster ist zu schlicht. Gott sei Dank siehst du das auch so«, fügt sie hinzu, als die Klingel ertönt. »Was ist das denn?«, fragt meine Mutter.

»Mad Men«, sage ich und wundere mich darüber, dass ihr die Melodie noch nicht geläufig ist, schließlich hat mein Vater die MP3-Klingel vor gut einer Woche aktualisiert und die neuen Serienintros, die er draufgespielt hat, waren allesamt schon mehrfach zu hören.

Der eissilberne A3 steht auf der Einfahrt. Ich sehe nur Bennys braune Lederschuhe, die er aus der geöffneten Fahrertür streckt, er selbst ist nicht zu erkennen, weil sich die Sonne in der Frontscheibe spiegelt. Ich schließe die Haustür hinter mir und gehe mit meiner Sporttasche über den Steinweg zum Gartentor. Kurz bevor ich es öffne, stellt sich mir Bernhard in den Weg. Ich greife ihm hinters Ohr und schiebe ihn ein bisschen zur Seite, aber Bernhard setzt sich vor mich.

Ich beuge mich zu ihm runter. »Komme gleich zurück«, flüstere ich.

»Off we go!«, ruft Benny. Er müsse später noch etwas besorgen und wolle keinen Pussy-Workout machen.

Jetzt schiebe ich Bernhard wirklich beiseite. Ich gehe an ihm vorbei durch das Gartentor, steige in den A3 und will mit Benny einschlagen.

Benny zieht die Fahrertür zu. »An deiner Hand«, sagt er, »klebt Hund.«

5

In Bennys Mundwinkeln haben sich kleine Bläschen gebildet, die nicht verschwinden, auch nicht, wenn er die Lippen bewegt und mitrappt. Als wir am Fichtenweg vorbeifahren, setzt »How we do« ein. Benny dreht voll auf. Ich spüre, wie der Bass vom Rücken in die Brust zieht. Die Bläschen bleiben auch davon unbeeindruckt. Ich frage mich, wie er es geschafft hat, die Kleine vor die Kamera zu bekommen, und dann schaut mich Benny plötzlich an, als wolle er genau diese Frage hören, und ich wende mich ab. Ich fahre das Fenster runter und lege meinen Arm in den Rahmen. Ich erwarte einen kühlen Zug, aber ich merke nichts. Ich sehe nur, wie sich die Haare im Fahrtwind aufstellen, wie sie sich in einer Kurve leicht zur Seite neigen, als gehörten sie einer Armee an, einer Armee dunkelblonder Krieger, die einem gemeinsamen Kommando folgt, und dann lassen wir die Kurve hinter uns, und die Härchen stellen sich wieder aufrecht. Ich drehe mir die Unterseite meines Arms zu und betrachte das feine Relief, das die Adern zwischen Beuge und Handgelenk bilden. Wenn ich in schnellen Abständen eine Faust forme und öffne, pumpen sie sich auf, und meine Unterarmmuskulatur schwillt an. *Wichsmuskel* haben wir früher dazu gesagt. Ich war damals im Vergleich zu den anderen sehr schlank, und als Benny und ich in der neunten Klasse noch zusammensaßen, habe ich meinen Arm oft neben seinen gelegt und ihn so lange angegrinst, bis er es realisiert hat. Er hat dann meistens zurückgegrinst, den Muskel ein wenig bewegt, seinen Arm aber schließlich doch weggenommen. Nach den Sommerferien, Benny war das erste Mal eine längere Zeit mit seinem Vater in den Staaten gewesen, habe ich das aufs Neue gemacht. Ich weiß nicht, ob es an seiner Bräune lag oder ob das schon der erste Trainingseffekt war. Bennys Unterarmmuskeln waren nicht mehr einfach nur dicker als meine, nein, sie wirkten, als hätte jemand die Konturen mit einer Präzisionsmine geschärft. Ich wartete wie gewohnt darauf, dass er den Arm wegnahm. Benny lehnte sich zu mir rüber, flüsterte »Pussymuscle« in mein Ohr und lachte.

Nachdem wir in die Kurallee gebogen sind, legt sich auf Höhe des Stadtbads ein kühler Schleier über meine Haut. Die engstehenden Bäume am Straßenrand schirmen uns von der Sonne ab, doch ich nehme meinen Arm nicht vom Türrahmen, weil die Tennisanlage weiter hinten wieder in hellem Licht liegt. Als wir sie ein paar Sekunden später passieren, erkenne ich nicht die winzigste Kältepustel auf meiner Haut, und ich schließe zufrieden die Augen. Ich höre Tennisbälle gegen Schläger prallen und das Sliden der Schuhsohlen auf dem sandigen Untergrund. Vereinzelte Zwischenrufe mischen sich dazu. »Slice«, fordert jemand, »sehr schön!« Dann taucht die Stimme wieder ab. Benny lenkt in eine Parklücke, ich öffne meine Augen, sehe, wie die Sehnen seines Unterarms spannen, als er den Gang rausnimmt und seinen Handrücken zweimal an den Schaltknauf tippt, um sicherzugehen, dass sich der Motor im Leerlauf befindet. Damals in der Pause erzählte mir Benny, er habe mit einem Kollegen seines Vaters jeden Tag einen Workout im Hotel gemacht und wolle nun im SmartFit anfangen. Ich weiß nicht, weshalb ich nicht gleich mitgegangen bin. Vielleicht weil meine Mutter sich sorgte, die Belastung im Wachstum könne mir schaden, vielleicht aber auch, weil ich es einfach nicht für nötig hielt. In erster Linie sind das Gesicht und der allgemeine Look entscheidend, und in beidem war ich Benny und den anderen schon immer voraus. Sobald man den nächsten Schritt macht und jemanden wie Anna mit nach Hause nimmt, ist die Arbeit ja schon getan. Doch als Benny ein paar Monate später in der Umkleide unserer Sporthalle neben Paul stand und eine ziemlich gute Figur machte, habe ich mich auch angemeldet. Und seither bin ich kompakter, und weil mein Gesicht so zart wirkt, ergibt das eine sehr sanfte Männlichkeit, die der typischen unecht wirkenden Studiogängermännlichkeit deutlich überlegen ist, und der Unmännlichkeit sowieso.

Kerstin lächelt uns freundlich an, als wir das Foyer betreten und auf sie zugehen.

»Die großen, bitte«, sagt Benny, nachdem wir unsere Mitgliedskarten auf den Empfangstresen gelegt haben.

Kerstin zieht sie durch, greift in die Ablage neben dem Laser und holt zwei Schlüssel für die XL-Spinde heraus. Während ich meinen einstecke, wendet sich Benny ab und geht zur Ledersofaecke, wo ein Mann mittleren Alters sitzt, der seine Haare nach hinten gegelt hat und ein weißes Jackett trägt. Auf die Leinwand vor den Sofas wird Tennis gebeamt: Federer gegen Nadal. Das Match hat gerade begonnen, und es steht noch 0:0. Benny und der Mann im weißen Jackett schlagen ein, Federer serviert. Nadal hat ihn aufgrund seiner Physis eingeholt, aber erstens wird er nie die Eleganz in seinem Spiel erreichen, die

Roger Federer auszeichnet, und zweitens würde es mich nicht wundern, wenn Nadal seine Karriere noch vor seinem fünf Jahre älteren Konkurrenten beenden muss, weil er sich mit seinem aggressiven Stil den eigenen Körper zerstört. Nadals Return landet im Aus, und da merke ich, dass er dieses unausgewogene Outfit von früher trägt. Irgendwann hat jemand Nadal auf die Diskrepanz zwischen dem lockeren ärmellosen Muskelshirt und der enganliegenden Hose hingewiesen, die ihm bis über die Knie reicht und eher einer Yogaleggins gleicht als Tennisshorts. Das Match muss also eine Wiederholung von früher sein, und weil es auf Sand stattfindet und die Stadionränge die Größe eines Grand-Slam-Centercourts haben, wird es sich um eines ihrer Finals bei den French Open handeln, doch ich kann mich nicht daran erinnern. Benny kommt zurück und nimmt Kerstin seinen Schlüssel ab.

»Kunde von meinem Vater«, murmelt er.

Ich schaue noch einmal rüber. Federer serviert ein Ass.

Die Gläser auf der Bar glänzen in der einfallenden Nachmittagssonne, deren Licht so hell ist, dass man im gesamten Raum winzige Staubpartikel durch die Luft schwirren sieht. Dafür reflektiert der Flatscreen im Zentrum der Workout-Area erstaunlich wenig. Auch hier läuft Eurosport, aber das Match befindet sich gerade in einer Pause. Stattdessen wird eine Tankstelle im Establisher gezeigt, dann eine zuversichtlich lächelnde Frau, die einen Businessanzug trägt: *Aral. Alles super.* Ich lehne mich auf die Bar. Karla schirmt ihre Augen mit einer Hand ab, als wir bestellen, doch für das Mixen unserer Energizer braucht sie beide Hände. Sie blinzelt ziemlich süß, außerdem rutscht ihr eine blonde Strähne ins Gesicht, die sie vergeblich versucht wegzupusten. Aber Karla kämpft sich durch, und schließlich stehen die fertigen Drinks vor uns. »Viel Spaß, Jungs.«

Wir gehen über den dunkelblauen Teppich an der Wendeltreppe vorbei, die zum Freihantelbereich führt. Während die Brustbank noch von diesem Typen blockiert wird, der zu viel auf Masse trainiert, stellen wir uns an die Wand daneben. Ich lege die Innenseite meiner rechten Hand auf den Filz, strecke meinen Arm aus und dehne den Brustmuskel. Der Typ trägt ein graues Achselshirt und eine schwarze Fitnesshose, die auf Siebenachtellänge geschnitten ist. Die paar Zentimeter Haare, die er sonst auf dem Schädel hatte, sind frisch abrasiert, und durch die Glatze rückt der Nacken noch stärker in den Fokus. Sogar wenn der Typ auf dem Rücken liegt, fällt jetzt der wulstige Muskelklumpen auf. Dass er seinen Trainingsplan dringend überdenken sollte, sieht man allerdings nicht nur an der undefinierten Muskulatur, sondern auch an dem blauen Tape, das er sich seit einigen Wochen auf den Oberarm klebt, um die Schulter zu stützen. Gerade hat er über einhundert Kilo aufgelegt und schafft knapp eine Wiederholung. Auf die zweite verzichtet er, weil er ohne Partner trainiert, der ihm helfen könnte. Vielleicht macht er noch ein paar leichte Push-ups zum Lockern, doch eigentlich bildet der Massesatz immer den Schluss. Der Typ setzt sich auf, und ich betrachte kurz seinen Schädel, der auf dem breiten Hals so lächerlich wirkt wie eine winzige Murmel auf einem Golf-Tee, bevor ich mich drehe, um das Stretching am linken Brustmuskel durchzuführen. Und plötzlich habe ich Bennys Gesicht vor mir, und ich sehe, wie er grinst, wie er grinsend den Kopf in den Nacken legt, und dann schwenkt die Kamera nach unten auf die Kleine, die ihre Lippen um seine Eichel schließt, und Benny stöhnt. *Fuck.* Es dauert einen Moment, bis ich wieder da bin. Benny grinst tatsächlich, aber das Stöhnen kommt von der Brustbank. Der Typ macht doch noch einen zweiten Massesatz. Er ist so laut, dass man ihn sicher bis in den Freihantelbereich hört.

»So eine Schwuchtel«, flüstert Benny.

»Ja«, sage ich.

6

Wir stellen unsere Drinks auf die Ablage hinter der Brustbank. Ein angenehmer Windzug weht durch die gekippten Fenster herein, und weil die Muskulatur bei der warmen Luft schnell auf Betriebstemperatur kommt, hängen wir nur je zwei Zwanzig-Kilo-Scheiben von dem Gewicht ab, mit dem der Typ trainiert hat. Ich streife mein Schweißband über das rechte Handgelenk und fahre in meine neuen Weight Gloves. Benny greift die Enden seines Handtuchs und fächert es über die Bank, als stünde er am Strand und wolle sich in die Mittagssonne legen, bevor er später ins Meer springt.

Benny fragt, auf wen ich heute Abend gehen werde. Doch statt auf meine Antwort zu warten, zeigt er auf sich. »Linda as usual«, murmelt er, während er sich hinlegt, und: »Marie as a petite extra«, als er die richtige Griffbreite für die Langhantel gefunden hat.

Ich stelle mich hinter die Brustbank. Bennys Augen verengen sich. Er guckt an mir vorbei zur Decke wie jemand, der gerade etwas entdeckt hat, aber noch nicht genau weiß, was es ist. Er hat nur diese Ahnung, dass es sich um etwas wirklich Wertvolles handelt, und in seinen Augen sieht man, wie die Ahnung allmählich zur Gewissheit wird.

»Ist was?«, frage ich.

Bennys Blick rutscht von der Decke zu mir.

»Nein«, erwidert er, »es ist nichts«, und dann sagt er: »Go!«, und wir heben das Gewicht aus der Ablage.

Benny drückt die ersten Wiederholungen sicher. Nach der fünften keucht er: »Hilfe nur, wenn nötig«, bevor er die Langhantel zur Brust hinabführt.

Ich weiß nicht, woran er eben gedacht hat. Ich halte meine Hände unter die Hantel, die Benny jetzt sehr langsam wieder nach oben stemmt. Er atmet hörbar aus, aber die Bewegung schafft er allein. Auf halber Höhe schließt er die Augen. Ich frage mich, wie er darauf kommt, Marie und Linda gleichzeitig haben zu können. Ich gehe mit den Händen näher an die Hantel. Sachte lege ich meine Daumen oben auf. Benny drückt mit aller Macht, doch ich erhöhe den Widerstand. Benny wird rot, und das Gewicht senkt sich auf seine Brust. Als er die Augen öffnet, nehme ich die Daumen weg.

»Schaffst du's?«, frage ich, warte, bis er ein Kopfschütteln andeutet, und ziehe die Hantel nach oben.

Benny richtet sich auf. Er sei schon beim letzten Mal gescheitert, flucht er, als Paul dabei war. Ich nicke.

»Aber danke«, sagt er dann, »die Hilfestellung war gut.«

Das Publikum applaudiert, während wir auf die Wendeltreppe zugehen. In der Wiederholung spielt Federer eine einhändige Rückhand die blanke Sideline entlang, danach wird das Ergebnis gezeigt. Den Auftaktsatz hat er mit 6:1 gewonnen, und jetzt erinnere ich mich, dass ich das Match doch vor Jahren gesehen habe. Meine Großeltern und meine Tante mit ihren beiden Söhnen und der kleinen Tochter saßen auf der Terrasse, während mein Vater, bei dem ein Drehtag ausgefallen war, am Grill stand. Ich habe im Wohnzimmer gesessen und das Finale geguckt, das erste, das die beiden bei den French Open gespielt haben. Nadal war damals noch nicht so weit. Immer wieder wurde er von Federer ausgekontert. Mein Vater rief, dass die Putenbrust fertig sei und ich nach draußen kommen solle. Ich wollte weiter zusehen, wie sich Nadal mit seinem Powertennis die Zähne ausbiss, aber mein Vater ließ mich nicht drinnen essen, weil ein paar Tage zuvor alle Lederflächen in unserem Haus gereinigt worden waren. Kurz darauf höre ich Putenfleisch kauend meiner Großmutter zu, die neben meinem Großvater sitzt, einen Zug von ihrer Zigarette nimmt und erzählt, dass eine Ader in seinem linken Bein verkalkt sei. Die Ärzte würden versuchen, die Ader zu entnehmen, von innen nach außen zu stülpen und an ihren Platz zurückzusetzen. Meine Großmutter ascht in den Aschenbecher, während mein Großvater auf seinen Teller guckt, stumm das Fleisch kaut und einen Schluck von seinem Bier nimmt. Ich erinnere mich, dass meine Mutter irgendetwas sagt, doch ich weiß nicht mehr genau, was. Jedenfalls schaut mein Großvater kurz hoch, murmelt, dass das Bein eben wegmüsse, und wendet sich wieder dem Fleisch auf seinem Teller zu.

Obwohl zwei Fenster weit geöffnet sind, ist die Luft im Freihantelbereich sehr viel wärmer als unten. Ich überlege, ob sich ein Durchzug herstellen lässt, da sehe ich, dass Benny schon an der Curlstange steht. Trotz der dreißig Kilo, die bereits von jemandem vor uns aufliegen, schraubt Benny die Halterungen ab und geht zum Gewichtsständer. Ich fahre mir mit meinem Schweißband über die Stirn. Benny tut so, als würde er überlegen, dann greift er nach zwei kleinen Scheiben. Ich trinke einen Schluck von meinem Energizer. Als Benny das zusätzliche Gewicht anbringt, stelle ich den Drink ab und trete von hinten an

Benny heran. Ich sage, dass wir erst vor ein paar Wochen erhöht haben. Benny zuckt die Achseln.

»Mit einer sauberen Ausführung«, füge ich hinzu, während er eine Bank flach stellt und sich auf den Rücken legt, »würde das Gewicht locker reichen.« Ich hebe die Curlstange aus der Ablage und lasse sie in Bennys Hände gleiten, die er mir entgegenstreckt.

Langsam knickt Benny die Ellenbogen ein und senkt das Gewicht wie eine Maschine zur Stirn. Kurz bevor die Stange seinen Kopf berührt, drückt er sie mit derselben Ruhe wieder hoch. Doch dann, am Ende der Bewegung, nimmt er zu viel Schwung mit und überstreckt seine Ellenbogen, und es ist klar, dass er sich mit dem Gewicht vertan hat. Benny kann noch so viele Kilo auflegen, wenn die Ausführung schon am Anfang unsauber wird, erreicht er damit überhaupt nichts. Nur seine Schultern werden in ein paar Jahren unbrauchbar sein, und dann wird er auf das Freihanteltraining verzichten müssen, während ich intensiv an mir weiterarbeiten kann und meinen Körper auf das nächste Level bringe. Ich werde Benny weit hinter mir lassen, und dann gucke ich zu ihm runter und merke, dass die Stange völlig reglos in seinen Händen liegt. Ich habe nicht mitgezählt, aber es scheint, als hätte er die sechs Wiederholungen trotz der Gewichtssteigerung geschafft. Ich nehme ihm die Stange ab und lege sie zurück in die Ablage.

Benny stellt sich vor mich und grinst: »Your turn.«

Ohne meinem Blick auszuweichen, greift er nach seinem Energizer und nippt daran.

»Anna«, sage ich mit fester Stimme, »ich werde auf Anna gehen.« Ich mache einen Schritt auf ihn zu. Ich spüre die Hitze, die von seinen Wangen ausstrahlt. Ich atme ihm direkt ins Gesicht. »Oder Marie, Ben. Wer weiß das schon?«

Bei jedem Absenken des Gewichts hole ich tief Luft, bevor ich sie in der Push-up-Phase mit einem pfeifenden Geräusch wieder ausstoße. Die zweiunddreißigeinhalb Kilo sind noch schwerer, als ich dachte. Ich bin nicht so dynamisch wie beim Bankdrücken. Aber vielleicht liegt das auch an dem fehlenden Ruhetag, der sich jetzt bemerkbar macht.

»Help?«, fragt Benny.

Ich schaue zu ihm hoch, wobei ich trotzdem versuche, die richtige Haltung zu wahren. »No«, presse ich hervor, und aus irgendeinem Grund schüttle ich den Kopf dazu, und plötzlich knackt es in meiner Schulter, so laut, dass mir allein das Geräusch weh tut. Ich strecke die Stange starr nach oben.

Benny sieht auf mich herab, und dabei glänzt seine feuchte Unterlippe wie in dem Porno, kurz bevor die Kamera nach unten schwenkt, und da unten liege ich, den Kopf halb zur Seite geneigt, und ich fühle mich wie gelähmt, als hätte mir jemand was in den Drink getan, einzig meine Augen gehorchen mir noch, und ich gucke Benny flehend an, und Benny mustert mich unendlich lang, bis er mir die Stange schließlich aus den Händen nimmt. Ohne das Gewicht schaffe ich es wieder, meinen Kopf zu bewegen. Vorsichtig komme ich immer weiter, der Schmerz lässt nach, und als ich geradeaus zur Decke blicke, so wie man es während der gesamten Übung machen sollte, zieht sich ein Kribbeln von der Schulter in den Nacken, und der Schmerz löst sich ganz. Nach einer Weile merke ich, dass ich meine Arme noch ausstrecke, obwohl die Stange längst weg ist. Wie in einem Zombiefilm muss das aussehen, und ich reibe schnell die Handschuhe gegeneinander.

»Der Grip«, erkläre ich, »ist noch ziemlich glatt.«

Beim Aufstehen unterdrücke ich den Impuls, mir an die Schulter zu fassen. Irgendwo im Gelenk spüre ich einen heißen Druck.

»Klar«, sagt Benny, »der Grip.«

Und weil mir nichts anderes einfällt, erwidere ich, dass ich das Leder anfeuchten müsse. »Ich bin gleich zurück.«

Das Wasser ist eisig. Rosarote Stellen haben sich auf meinen Wangen gebildet, auch die Stirn scheint wie gefärbt. Trotzdem wirkt meine Haut rein und glatt. Ich gehe aus dem Bad in den Umkleidebereich und hole ein frisches Handtuch aus meinem Spind, um mir das Gesicht zu trocknen. Als ich das Handtuch zurücklege, sehe ich im Augenwinkel, wie sich die Eingangstür öffnet. Der Typ, der vor uns an der Brustbank trainiert hat, kommt herein und öffnet einen der Spinde in meiner Nähe. Noch bevor er sich seine Handschuhe ausgezogen hat, holt er eine Box Whey Protein heraus und einen Esslöffel, mit dem er sich das Pulver direkt in den Mund steckt. Nach der dritten Portion greift er eine etikettlose braune Flasche, spült nach und wendet sich schließlich den Spiegeln im Zentrum der Umkleide zu. Ich stelle mich neben ihn. Ich deute auf die blauen Streifen an seinem Arm.

»Schwierigkeiten mit der Schulter?«, frage ich, während sich der Typ die Handschuhe auszieht. »Man darf das nicht unterschätzen. Die Rotatoren sind extrem empfindlich.«

Jetzt beginnt er zu lächeln.

Ich erkläre, dass ich auch damit zu tun hätte und einige Übungen daher variieren würde. »Flexibilität ist wichtig beim Fitnesstraining.«

Der Typ zieht sein Shirt über den Kopf. Seine rasierte Brustmuskulatur und die ebenso glatten Bauchmuskeln, die wohlwollend betrachtet noch einen Sixpack formen, stehen so weit ab, dass sich am Brustbein eine Kuhle bildet. Als ich den Typen frage, welches Tape er für seine Schulter benutzt, hält er mir eine kleine Packung entgegen, auf der *K-Active* steht.

»Dachte ich mir«, sage ich, dabei fällt mein Blick auf seinen Trizeps, den man eher Monozeps nennen müsste, weil sich die drei Teilmuskeln kaum voneinander absetzen. Ich überlege, ihm zu raten, den Trizepszug mit dem Tau in seinen Workout zu integrieren, aber in dem Moment zieht der Typ seine Trainingshose aus. Er trägt nichts darunter, und dann entdecke ich, dass sein Intimbereich im Gegensatz zum Rest des Körpers nicht ausrasiert ist. Ich starre auf das zurechtgetrimmte Quadrat, wie ein Filzgleiter sieht das aus, und es dauert ein paar Sekunden, bis die Stimme zu mir durchdringt, die dunkel klingt und brüchig.

»Wie bitte?«, sage ich.

»Ob's ein Problem gibt?«, wiederholt der Typ, mustert mich und geht, nachdem ich den Kopf geschüttelt habe, zu den Duschen.

Die rosaroten Stellen auf meinen Wangen sind verschwunden. Auch meine Stirn hat wieder ihre natürliche Farbe angenommen. Ich stelle mich näher an den Spiegel und ziehe mir das Shirt über den Kopf. Meine Brustmuskeln stehen nicht so sehr nach vorn ab, stattdessen verteilt sich die Masse homogen über den gesamten Brustkorb. Ich spanne meine Bizepse an, die lange Ader auf dem rechten Arm zieht sich über die Schulter bis zum Hals. Als ich die Hände an den Hinterkopf lege, wölbt sich der Latissimus unter den Achseln. Ich krümme mich und stelle meinen Eightpack aus. Am unteren Rand streichen Finger über meinen Hüftknochen. Dunkelblonde Haare kommen hinzu. Man sieht den Hinterkopf, dann die Schultern, dann immer mehr von ihrem Rücken. Jetzt wird das gesamte Bild eingefangen. Mein ausdefinierter männlicher Körper, der schlanke Frauenkörper davor. Schnitt auf mein Gesicht, die geschwungenen Lippen, die Nase, die Augenbrauen –

7

Die Stimme ist unmittelbar neben mir, dunkel und brüchig. Ich verstehe erst nicht, was sie sagt, höre nur das Lachen, das folgt, als ich mich zur Seite drehe und in das haarlose Gesicht gucke.

Ob ich die ganze Zeit hier gestanden hätte, fragt der Typ dann, und: »Sicher, dass es kein Problem gibt?« Dabei deutet er auf etwas vor sich und raunt, dass ich die Ablage blockieren würde.

Ich schaue auf mein Muskelshirt. Es entsteht eine Pause, der Typ grinst mich immer noch an, und weil er keine Anstalten macht, damit aufzuhören, atme ich durch.

»Stretching«, sage ich, nehme mein Shirt von der Ablage und ziehe es an. »Stretching ist wichtig, wenn man die Struktur der Muskeln beibehalten will.« Ich blicke entschlossen in den Spiegel. »Das kann ein Problem werden, wenn man zu viel Masse aufbaut.«

Benny hält unsere Energizer in den Händen, als hätten wir uns auf einer Party verloren, und die ganze Zeit sucht er mich, damit er den zweiten Drink loswird und endlich auf den Floor gehen kann. Er steht an der Treppe zum Freihantelbereich und fragt, wo ich so lange gewesen sei. Wenn ich schon nicht selbst trainieren würde, hätte ich ihm zumindest Hilfestellung leisten können. Jetzt habe er alles auf Nummer sicher gemacht und bei fast jeder Serie mit einer Wiederholung weniger trainiert.

»Du weißt«, sagt er vorwurfsvoll, »dass die Wiederholungen, die man nicht allein schafft, die effektivsten sind.«

Ich nehme Benny einen der Behälter ab. Ich erkläre, dass ich einen wichtigen Anruf bekommen und die ganze Zeit telefoniert hätte. Als mich Benny fragt, was das für ein Anruf gewesen sein soll, antworte ich, dass es um ein Vorsprechen gehe.

»Ein Casting?«, fragt Benny.

»Vorsprechen«, entgegne ich. »Im Theater nennt man es Vorsprechen.«

Kurz scheint es, als wolle Benny noch eine Frage stellen, aber dann winkt er ab und sagt, dass er jetzt seinen Proteinshake trinken würde.

Karla stellt zwei volle Weizengläser vor uns ab. Ich setze mich auf einen der Barhocker und lasse meinen Blick durch den Raum gleiten, der mittlerweile in seichtes Abendlicht getaucht ist. Ich bleibe beim Roman Chair hängen, über den sich eine junge Blondine gebeugt hat. Sie bewegt ihren Rücken behutsam auf und ab. Ich schaue auf ihren Po und versuche festzustellen, ob es sich lohnt zu warten, bis sie die Übung beendet, um auch ihre Brüste und ihr Gesicht zu betrachten. Doch sie trägt eine von diesen weiten Sporthosen, und sicher tut sie das nicht ohne Grund. Ich gucke zum Fernseher. Es fällt mir schwer, das Ergebnis am oberen Rand des Bildschirms zu entziffern. Ich kann nur erkennen, dass sich das Match im dritten Satz befindet, und wenn ich mich recht entsinne, braucht Federer nicht mehr, um die French Open zu gewinnen. Gegen Ende wird es noch einmal eng, aber Nadal holt keinen einzigen Satz. Federer spielt einen Vorhandstopp, da stößt Benny seinen Ellenbogen an meinen Oberarm.

»Meanwhile«, grinst er, »your biggest fan showed up.«

Er deutet zum Roman Chair, und auf einmal sehe ich dort diesen Gesichtsausdruck wie vor einem Jahr im Schwimmkurs, als ich nach meiner Technikprüfung im Kraulen aus dem Wasser stieg und zu den anderen Kursteilnehmern lief, während Herr Fogt mir die fünfzehn Punkte zurief. Ich mache Emmy keinen Vorwurf, dass ich sie damit beeindruckt habe, nur fehlt ihr die Souveränität, mit ihrer Bewunderung für mich umzugehen. Auch jetzt findet sie kein Mittelmaß. Erst kommt sie zögerlich auf uns zu, bevor sie die letzten Meter fast hüpft, statt kontrolliert einen Fuß vor den anderen zu setzen. Sie sei schon zum vierten Mal hier, sagt Emmy, und es tue ihr richtig gut.

»Ja«, antworte ich und mustere ihre weite Hose, aus der sich wirklich keinerlei Rückschlüsse ziehen lassen.

Benny nimmt einen Schluck von seinem Proteinshake, und ich erkläre, dass wir unser Training gerade beendet hätten und auf dem Absprung seien. Schließlich müssten wir uns noch auf die Villa vorbereiten.

Emmy versucht zu lächeln. Dort würde sie auch hingehen, erwidert sie, wenn heute nicht der Videoabend mit ihrer Familie wäre. Ihr Papa habe das lange geplant, er sei nämlich nicht mehr oft zu Hause. »Aber«, fügt sie hinzu, und jetzt entsteht ein richtiges Lächeln in ihrem Gesicht, »vielleicht sehen wir uns ja morgen beim Tanzkurs.«

Ohne auf meine Antwort zu warten, winkt sie hastig und springt genauso unbeholfen davon, wie sie angekommen ist.

Benny leert seinen Shake und steht auf. »Videoabend«, sagt er. »Gotta set your priorities.«

Benny hält seinen Schlüssel in der linken Hand, an deren Gelenk die Glashütte glänzt. Frisch geduscht stehen wir im Eingangsfoyer vor Kerstin, die unsere Mitgliedskarten durch den Laser zieht und fragt, ob wir die Getränke gleich zahlen oder auf die Monatsrechnung übertragen wollen.

»Wie immer«, antwortet Benny, wobei er ihr seine Hand entgegenstreckt in Erwartung, die Mitgliedskarte zurückzubekommen.

»Ja, wie immer«, sage ich und halte meine Hand neben die von Benny.

Um die Situation etwas aufzulockern, zwinkere ich mit beiden Augen gleichzeitig, aber ich glaube, Kerstin missdeutet die Geste. Als sie die Karte in meine Hand legt, schaut sie demonstrativ an mir vorbei, und auch Benny guckt sie nicht an. Ihr Blick ist nach hinten gerichtet, auf den Flatscreenfernseher, wo mittlerweile zwei Moderatoren in einem Studio zu sehen sind. Da der Ton abgestellt ist, kann ich nicht verstehen, was sie sagen, doch das Match scheint bereits zu Ende zu sein. Jetzt wird eine Wiederholung eingespielt, und wenn ich mich nicht täusche, zeigen sie den finalen Ballwechsel. Ich gehe auf den Fernseher zu. Ich schaue auf das Ergebnis am Bildschirmrand. Ich spüre, wie meine Achseln nass werden. Das Match hat nicht drei, sondern vier Sätze gedauert, und nur der erste ging an Federer. Ich glaube, ich habe das Finale nie gesehen. In der Wiederholung serviert Nadal zum Sieg. Er slict den Ball weit nach außen, wodurch Federer wie an einem Seil aus dem Feld gezogen wird. Nadal bekommt den Ball zurück und jagt ihn mit der Vorhand über das Netz. Federer senkt nur noch den Kopf.

»Bang«, sagt Benny, und dann fügt er hinzu, dass Nadal der Größte sei.

Er steht neben mir und wirft den Autoschlüssel in kurzen Abständen in die Luft. Ich schaue auf den Fernseher, sehe die Moderatoren, dann die Einblendung mit dem Datum der kommenden French Open und zum Schluss das Eurosportlogo, bevor ein Werbespot anläuft.

»Let's go«, sagt Benny und nickt Richtung Ausgang. »Proteinshake plus Abendessen«, erklärt er, »und du hast die perfekte Grundlage für die Nacht.«

In dem Spot läuft eine durchtrainierte Brünette in einem Bikini durch den Wald. Nach einer Weile kommen weitere brünette Frauen in Bikinis dazu und laufen ihr hinterher. Sie erreichen das Meer, in dem schwarzhaarige Frauen auf den Strand zuschwimmen. Ein kurzer Schnitt, und man sieht eine Gruppe von Blondinen, ebenfalls in Bikinis, über den Strand rennen. In einer Totalen wirken alle Frauen wie Ameisen, die geschlossen ein Ziel ansteuern. Orchestrale Musik spielt auf, wird immer dramatischer, und ein Mann mit Dreitagebart und weit aufgerissenen Augen kommt ins Bild. Er sprayt sich am ganzen Körper mit Deo ein, während die Frauen von allen Seiten auf ihn zustürmen. Kurz bevor sie ihn erreichen, schließt er die Augen und streckt sein Gesicht mit einem Lächeln in die Sonne. *SPRAY MORE GET MORE.*

8

My crew is strong as Cali kush«, rappt The Game, als wir in die Elisastraße biegen. Das Vibrieren der Räder auf dem Pflaster mischt sich in den Beat, der nach den letzten Zeilen noch einige Sekunden weiterläuft. Plötzlich spannt der Gurt an meiner Brust, weil Benny scharf abbremst. Aus einer Seitenstraße kommt ein Schlepper gefahren und versperrt uns den Weg. Benny schaltet in den Rückwärtsgang und lässt den A3 einige Meter rollen, während der Schlepper seinen Anhänger um die Kurve zieht. Wir fahren an den rechten Rand der Straße. Ich warte auf den nächsten Track, aber Benny betätigt das Controlling System, und es bleibt still. Ich beobachte die verdreckten Räder, die auf Augenhöhe an uns vorbeirollen. Als der Weg frei ist und wir trotzdem nicht fahren, frage ich, was los sei. Benny guckt nach vorn auf die Straße, und dabei hat er erneut diesen Blick, als würde er gerade etwas wirklich Wertvolles entdecken, und mit diesem Blick erkundigt er sich nach dem Stick und ob ich mir die Sachen darauf angeschaut hätte. Ich muss an das Lächeln der Kleinen denken, an ihre geschlossenen Augen, und mich überkommt das Gefühl, ich hätte diese Situation schon hundert Mal erlebt. Ja, will ich entgegnen, habe ich. Ich habe dein Video gesehen, Benny, doch wie aus dem Off höre ich mich sagen, dass der Stick leer gewesen sei.

»Wirklich?«, fragt Benny.

Ich nicke.

»Muss was schiefgelaufen sein«, erwidert er und überlegt. Ich solle es noch mal versuchen.

»Kann ich machen«, antworte ich, »aber da war ganz sicher nichts drauf.«

Benny fährt langsam an. Die Räder beginnen zu vibrieren, dann schaltet er die Musik wieder ein, und es läuft »Pot of Gold«.

Ich würde richtig was verpassen, versichert mir Benny. »Aber ich mach's noch mal. Ich meine«, erklärt er, »ich geb's dir einfach noch mal. Vielleicht brenn ich's besser auf CD.«

Ich presse die Lippen aufeinander. »Klar«, sage ich schließlich, »mach das.«

Wir halten vor unserer Einfahrt. Unter dem Carport sehe ich den 508er, den mein Vater für Peugeot fährt, neben dem Mini One meiner Mutter stehen. »Neun?«, höre ich Benny fragen.

»Neun«, erwidere ich und steige aus.

»Kannst du mir was abnehmen?«, ruft meine Mutter, als sie mich im Flur entdeckt.

Ich stelle meine Sporttasche ab und gehe in die Küche. Meine Mutter reicht mir einen Teller mit Rindercarpaccio von der Arbeitsfläche, die anderen beiden trägt sie selbst. Durch die Terrassenfront sehe ich meinen Vater, der bereits am Tisch sitzt. Ich folge meiner Mutter nach draußen und stelle den Teller an meinem Platz ab. Mein Vater steht auf, und wir begrüßen uns mit einer Umarmung, bevor er mich nach der Abiturprüfung fragt, die doch heute Morgen gewesen sei. Ich sage, dass ich ein sicheres Gefühl hätte, und mein Vater antwortet »Sehr wichtig«, und noch während wir uns setzen, beginnt er, von Claus Peymann zu erzählen, der ja eigentlich ein ganz netter Kerl sei. Die cholerischen Anfälle, sagt mein Vater, hielten sich bei ihren Proben in Grenzen, nur eine der jungen Schauspielerinnen bringe Peymann ständig in Rage. Gestern sei sie in eine Szene hineingelaufen, aus der man sie längst gestrichen hätte. Jedenfalls habe sich Peymann erst beruhigt, als mein Vater dazwischengegangen sei. Die junge Schauspielerin brauche eben genau dieses sichere Gefühl, von dem ich eben gesprochen hätte, sonst ginge bei ihr gar nichts. Ich schenke meinen Eltern und mir Wein ein, während meine Mutter sich nach dem Nachtdreh erkundigt, den mein Vater gestern oder vorgestern hatte, direkt nach der Probe. Mein Vater winkt mit dem Messer ab und sagt irgendetwas, das ich nicht verstehe, weil ich das Etikett lese. Normalerweise trinken wir Rotwein, doch diesmal hat meine Mutter einen Weißen mitgebracht, der auch noch lieblich zu sein scheint. Ich kann mich nicht genau an die Vokabel erinnern, aber *Soave* klingt wie das lateinische Wort für *süß*, und ich frage mich, ob sich meine Mutter schlichtweg vertan hat. Der Italiener am Rathausmarkt habe den Wein empfohlen, sagt sie, als sie bemerkt, dass ich die Flasche immer noch in der Hand halte, für die warmen Abende auf der Terrasse. Die Region Soave sei vor allem für trockene Weißweine mit hervorragender Struktur bekannt, fügt sie hinzu. Ich schneide ein Stück Carpaccio ab, nehme einen Schluck Wein dazu, und tatsächlich schmeckt man den Soave durch das intensive Rindfleischaroma hindurch. Er ist trocken, und er ist wirklich wunderbar strukturiert. Zufrieden schneide ich ein neues Stück auf meinem Teller und schiebe es auf meine Gabel. Ich frage mich, wie Benny das Abendessen vor allem als Grundlage für später betrachten kann. Für ihn wäre sicher auch der Wein nicht mehr als eine Art Aufwärmprogramm. Während ich darüber nachdenke, wo er diesen Mangel an Stilbewusstsein herhat, gucke ich zu meinem Vater rüber, dessen Muttermal unter dem linken Auge beim Kauen wippt. Ich sage ihm, dass ich in die Endfassung geschaut hätte und sie gar nicht schlecht fände. Mein Vater hebt die Augenbrauen und schluckt.

»Schön«, erwidert er »Die Arbeit hat auch einfach Spaß gemacht«, und dann lobt er das Drehbuch, das sehr konsequent geschrieben sei, und die junge Regisseurin, die ihm schon vom ersten Treffen an das Gefühl vermittelt habe, genau zu wissen, was sie wolle.

Ich schaue zu meiner Mutter, die aus ihrem Weinglas trinkt. Für so jemanden, sagt sie, sei es großes Glück, dass mein Vater mitspielt, da bekomme der Film gleich eine andere Aufmerksamkeit. Als meine Mutter das Glas zurück auf den Korkuntersetzer stellt, kneift sie kurz die Augen zusammen, dann lächelt sie meinen Vater an, und mein Vater lächelt zurück.

Meine Mutter habe gesagt, ich würde mich morgen vor dem Tanzkurs noch mit Frau Panzner treffen. Mein Vater schaut kurz zu mir hoch, während er Geschirr in die Spülmaschine räumt. Ich stelle meinen Teller und das Weinglas ab. Dann erzählt mein Vater, dass Frau Panzner damals dabei gewesen sei, als er *Mein Kampf* in Ungarn gespielt habe. Es sei seine vielleicht schwierigste Vorstellung gewesen, weil niemand, wirklich niemand gelacht hätte. Ich tue so, als würde ich die Geschichte zum ersten Mal hören. Jedenfalls, fährt mein Vater fort, sei Frau Panzner nach der Vorstellung zu ihm gekommen. Zwölf Jahre Faschismus und vierzig Jahre Kommunismus, habe sie gesagt, da verliere man den Humor. Als er nach meinem Geschirr greift, hält er kurz inne, murmelt nachdenklich, dass ihm das sehr geholfen habe, und fragt mich dann, wie denn nun mein Abiturschnitt ausfallen würde. Ich gucke relativ neutral, während ich erkläre, dass die heutige Prüfung wohl die Eins Komma zwei festigen würde.

»Eins Komma zwei«, wiederholt mein Vater.

Ich sage, dass ich bei den anderen schriftlichen Prüfungen vorsichtig optimistisch sei und auch die mündliche Prüfung glatt über die Bühne gehen dürfte, obwohl ich sie in Bio ablegen müsse. »Schließlich habe ich noch drei Wochen, um mich vorzubereiten.«

Mein Vater räumt den letzten Teller ein und richtet sich auf, doch da kommt meine Mutter mit ihrem Weinglas in die Küche. Mein Vater beugt sich wieder nach unten und versucht, das Glas zwischen zwei Tassen zu plazieren, was ihm nicht gelingt. Er brummt etwas vor sich hin, stellt das Weinglas zurück auf die Arbeitsfläche und beginnt, das Geschirr in der Maschine umzuräumen. Dann würde ich heute also mit der Vorbereitung für die mündliche Prüfung beginnen, sagt er.

»Noch nicht«, antworte ich. Ein paar Tage würde ich mir schon freinehmen, da die letzte Zeit sehr anstrengend gewesen sei. »Nächste Woche«, füge ich hinzu, »geht's dann weiter.«

»Gut«, erwidert mein Vater, der inzwischen genug Platz für das Weinglas geschaffen hat. Er schließt die Maschine. Morgen sei seine Premiere, und da solle ich mal alle Prüfungsgedanken beiseiteschieben. Die Inszenierung sei wirklich außergewöhnlich geworden. Als Schauspieler bleibe es ja immer spannend, aber es sei vermessen zu glauben, dass er so etwas noch mal spielen dürfe.

Ich nicke.

»Eins Komma drei«, murmelt mein Vater. »Das Wichtige lernt man eh erst nach der Schule.« Für seinen Beruf hätte er die Abiturnote überhaupt nicht gebraucht. Und die Inhalte der Prüfungen seien ihm auch nicht hilfreich gewesen bei der Vorbereitung auf das Vorsprechen. Ich erkläre, dass ich mir dessen bewusst sei und die Note trotzdem hochhalten wolle. Mein Vater schaut mich unentwegt an. Es entsteht eine Pause. Dann höre ich seine Stimme, die mir plötzlich tiefer vorkommt. Aus irgendeinem Grund scheint er mehr Bass hineinzulegen. Mein Vater klingt wie auf einem Hörbuch. »Natürlich, Leonard. Alles gut.«

Benny steht an die offene Tür des eissilbernen Audi A3 gelehnt. Aus den Boxen kommt The Game feat. 50 Cent. Die Ärmel seines leicht rosafarbenen Hemdes hat Benny bis zu den Ellenbogen aufgeschlagen. Mit der rechten Hand schiebt er seine Sonnenbrille auf die gegelten Haare, die linke hebt er kurz in die Luft, und dabei blitzt die Glashütte auf, die dort an seinem Handgelenk sitzt. Ich laufe in mein Zimmer. Ich habe meine Haare genau so hinbekommen, dass sie gut, aber nicht zu gemacht aussehen, und trage das Bulgari Soir auf der Brust und am Hals. Von dem Haken neben meinem Kleiderschrank nehme ich die schwarze Umhängetasche, die neben meiner ledernen Schultasche hängt, und lege mein Deo und das perlenzianfarbene Hugo-Boss-Hemd hinein. Der Farbton wirkt keineswegs aufdringlich, aber auch nicht so schlicht wie banales Blau. In der Slimline betont er meine Figur wie keine zweite Variation, und auch der kleine gehärtete Kentkragen ist etwas Besonderes, ohne zu viel Aufmerksamkeit auf sich zu ziehen. Erst beim genaueren Hinschauen bemerkt man die ausgeschnittenen Ecken, die den Kragen schlank und sportlich erscheinen lassen, womit er die Slimline perfekt abschließt. Im Spiegel kontrolliere ich meinen Look. Unter meinem Jackett trage ich im Moment nur ein weißes Feinripp-T-Shirt, das sich durch seinen dünnen Stoff gut für das Warm-up bei Benny eignet. Ich finde es wichtig, ein Oberteil für jede Station dabeizuhaben, weil der Auftritt am Anfang den Verlauf der Party entscheidend beeinflusst. Unter keinen Umständen darf man mit Schweißflecken oder Schweißgeruch ankommen, und gerade bei Benny ist es immer besonders gefährlich, weil sich sein Zimmer unmittelbar unter dem Dach befindet, wo sich die Hitze staut. Von dem einfachen Shirt abgesehen, gibt es nichts zu verbessern. Mein Mittelscheitel ordnet die Locken, meine Haut ist makellos, die braunen Kontraste der Jeans werden durch die cocktailfarbenen Lederschuhe geschickt variiert, und die Schattierungen an den Schuhspitzen verleihen meinem Outfit einen lässig-eleganten Eindruck. Das slimgeschnittene Hugo-Boss-Hemd wird den Look perfektionieren.

9

Ich schlage mit Benny ein und gehe auf die Beifahrerseite. Als ich die Tür öffne, sitzt Marie vor mir.

»Hi«, sagt sie.

»Hey«, sage ich, »wie geht's?«

Ich stehe ein wenig unschlüssig da, dann halte ich ihr meine Hand entgegen.

Marie berührt sie flüchtig, zieht ihren Arm wieder zurück und lacht. »Mir geht's gut.«

Benny hat »How we do« in der Endlosschleife. Von der Rückbank aus betrachte ich seine weichen Pupillen, die knapp an mir vorbeigucken, während wir rückwärts aus unserer Einfahrt fahren. Benny setzt den A3 auf die Straße und schaltet direkt in den ersten Gang. Für einige Sekunden werde ich in den Rücksitz gedrückt, dann rauschen wir die Elisastraße runter, ohne auf die kleinen Straßen zu achten, aus denen von rechts jemand kommen könnte, und schon lenkt Benny auf die Kleinmachnower Allee.

Wir fahren am Edekamarkt vorbei, der bereits geschlossen hat.

Ich frage, ob wir noch zum Marktplatz wollen. »Reichelt hat dort noch auf.«

Marie kichert. »Benny«, sagt sie, »besorgte ein paar andere Sachen«, und in dem Moment fällt mir ein, dass sich auch noch Steffens Tütchen in der Innentasche meines Jacketts befindet. So eine Gratisprobe habe ich überhaupt erst einmal von ihm bekommen. Das war in den letzten Winterferien, als er Kokain in sein Angebot aufnahm. Ich erinnere mich noch genau an seinen Gesichtsausdruck. Wir saßen in der Haushälfte, die er neben seinen Eltern bewohnt, und Steffen packte zu dem üblichen Gras ein paar Tütchen aus, die feines weißes Pulver enthielten. Er sagte nichts dabei, nickte nur jedem zu, und ich sah diese seltsame Mischung aus Euphorie und strengem Ernst in seinen Augen, als würde er uns eine Tür öffnen, die den meisten verschlossen blieb. Steffen verteilte Zettel, die wir zusammenrollten. Und während ich mich zu meiner allerersten Line runterbeugen sehe, merke ich, dass Benny in den Rückspiegel grinst. Ich muss unwillkürlich in mein Jackett gegriffen haben, denn aus irgendeinem Grund halte ich Steffens Tütchen in der Hand. Ich bekomme einen Adrenalinschub und grinse zurück, als Marie wie aus dem Nichts sagt, ihr Leben würde ihr manchmal vorkommen wie eine Geschichte, die sie irgendwo gelesen hätte.

»Mein Vater trennte sich von meiner Mutter, da war ich zwei«, sagt sie. »Er hieß Gerrit, viel mehr weiß ich nicht von ihm.« Seitdem habe sie viele verschiedene Gerrits gehabt, das sagt sie wirklich, *viele verschiedene Gerrits,* und als sie anfängt, jeden einzelnen zu beschreiben, schaue ich von hinten zu, wie sie den Kopf beim Erzählen immer ein bisschen schüttelt und ihre Locken dabei an ihrer Wange reiben. Ich lehne mich nach vorn. Marie trägt einen engen schwarzen Rock und die Jeansjacke von ihrem Profilbild. Das schwarze Top darunter hat einen ordentlichen Ausschnitt, und auch wenn Marie keine allzu großen Brüste hat, scheinen sie zumindest weder spitz noch schief zu sein. In diesem Moment dreht sich Marie um, so dass ich ihren Ausschnitt direkt vor mir habe.

»Oder?«, fragt sie.

Ich hebe meinen Blick und schaue in ihre glasigen Augen.

»Das ist doch so?«

Ich nicke verständnisvoll. »Ja«, sage ich, »da hast du völlig recht.«

Als ich das erste Mal bei Benny war, fing es an zu dämmern, so wie jetzt. Mein Vater fuhr mich, und wir haben bestimmt eine halbe Stunde probiert, Bennys Wegbeschreibung zu folgen. Irgendwann gaben wir auf und suchten stattdessen nach dem neuen Firmenwagen seiner Eltern, von dem Benny mir erzählt hatte. Aber auch das war zwecklos. In der Siedlung steht auf jedem zweiten Stellplatz ein aktuelles Mercedes-Modell. »Copy-and-Paste-Architektur«, sagte mein Vater, als wir doch noch angekommen waren, und zwinkerte mir zu.

Benny und Marie sind bereits ausgestiegen. Ich folge den beiden über den Rasen bis zur Wohnungstür, über der man die leuchtende Achtundzwanzig nur gegen eine einfache Glühbirne auszutauschen bräuchte, und die Grundstücke würden sich überhaupt nicht mehr voneinander unterscheiden. Im Eingangsbereich kneife ich die Augen zusammen, weil nicht nur der in die Wand eingelassene Spiegelschrank das Licht im Flur reflektiert, sondern auch die unendlich weißen Fliesen, die anscheinend kürzlich geputzt wurden. Meine Augen entspannen sich langsam wieder, während wir unsere Schuhe ausziehen, dann führt uns Benny ins Wohnzimmer. Als Bennys Mutter uns kommen sieht, lächelt sie und deutet auf die freien Stühle am Esstisch.

»Ist schon okay, Mum«, wiegelt Benny ab, »ich wollte nur sagen, dass wir Leo geholt haben.«

Bennys Mutter trägt eine weiße Bluse, ihre Haare sehen frisch gefärbt aus und sind fast so dunkel wie die Sojasoße in der Schale neben dem Sushiteller.

»Hallo, Leo«, sagt sie, während ich ihr die Hand gebe.

»Ihr geht nachher zu Paul, richtig?«, fragt Bennys Vater, nachdem ich auch ihn begrüßt habe, und fügt hinzu: »Passt auf, dass er nicht zu viel trinkt, damit er meine Jacht morgen noch fahren kann.«

Bennys Mutter dippt eine California Roll in die Sojasoße. »Dein Vater und seine Jacht«, sagt sie, und Bennys Vater schaut Marie und mich an und erklärt, dass er eine Sunbird nicht noch mal für den Preis bekommen würde. Die chinesische Partnerfirma, die den Mitarbeitern seiner Firma die Sonderpreise angeboten habe, gebe es nämlich leider nicht mehr. Das heißt, es gebe sie schon noch, sie gehöre nur nicht mehr zu den Partnern.

»Aber kein Grund zur Sorge«, fährt er fort, als kämen wir von einem Wirtschaftsmagazin und würden ein Interview mit ihm führen über den Zustand der Firma, für die er arbeitet. Vor der Schließung des Kieler Zweiges hätten sie zu den Top Drei in Europa gehört, seitdem versuche man, sich neu zu formieren.

Bennys Mutter beißt von der California Roll ab. »Wenn das nichts wird, verkauft er die Jacht«, sagt sie kauend.

»Wir brauchen nichts zu überstürzen«, wendet Bennys Vater ein. »Wir sind schon mit dem Reihenhaus einen Kompromiss eingegangen.«

Bennys Vater richtet die Serviette auf seinem Schoß und schaut jetzt Benny an. »Im Ernst, ich vertraue Paul, und wenn er morgen ein, zwei Bier trinkt, okay. Aber mehr sollten es nicht sein.« Dann überlegt er. »Ach ja«, sagt er schließlich. »Die Reinigung konnte ich auf sieben verlegen. Ihr habt also eine Stunde länger«, bevor er sich wieder an mich wendet. Es tue ihm leid, dass ich nicht dabei sein könne, es sei wirklich die letzte Möglichkeit, den Club zu mieten. »Vielleicht plant ihr das ja in einem Jahr noch mal. Dann kann sich Benny auch bei Paul revanchieren.«

Benny nickt. Er werde seinen Sportbootschein definitiv diesen Sommer machen.

»Du musst dich nicht für das Praktikum entschuldigen«, lacht sein Vater. »Das hat dir ja was gebracht.«

Bennys Mutter legt ihre Stäbchen ab. Wenn sie es noch in die Spätvorstellung schaffen wollten, sollten sie so langsam los. Sie würden *Fack Ju Göhte* gucken, sagt Bennys Vater und erkundigt sich, wie es bei meinem Vater laufe, den hätten sie letzten Sonntag im *Tatort* gesehen, und ich solle ihm ausrichten, es sei durchaus spannend gewesen.

Ich versuche, seinem Blick standzuhalten. »Im Moment ist er häufig im Fernsehen. Das ist so etwas wie sein Grundeinkommen«, erkläre ich. »Die interessanten Sachen spielt er fürs Kino.«

Bennys Vater runzelt die Stirn, dann entspannt er sich und setzt ein dezentes Lächeln auf. »If it ain't broke, don't fix it«, sagt er, und Bennys Mutter fragt, wie eigentlich die Prüfung bei mir gelaufen sei.

Ich antworte, dass ich ziemlich sicher im Einser-Bereich landen würde. Bennys Vater nimmt einen Schluck Weißwein, danach tupft er sich den Mund mit einer Serviette ab. Mit was für einem Schnitt ich rechnen könne? Benny würde wohl bei eins Komma zwei oder eins Komm drei landen.

»Eins Komma zwei«, sage ich. »Aber der Schnitt ist für mich nicht unbedingt wichtig.«

Bennys Vater runzelt erneut die Stirn.

»Die Schauspielschulen interessiert nur das Vorsprechen.« Nach einer Pause füge ich hinzu, dass man sich gut vorbereiten müsse. »Morgen treffe ich eine ehemalige Dozentin meines Vaters.«

Benny lässt sich auf seinen Schreibtischstuhl fallen und zieht eine kleine durchsichtige Tüte aus einer Schublade. »Und was macht ihr da morgen?«, fragt er.

Ich setze mich zu Marie auf das Bett, lege meine Umhängetasche neben den Sofatisch und winke ab. »Ich hol mir nur ein paar Tipps«, sage ich. »Und ich spiel ein bisschen was vor. Tom aus der *Glasmenagerie,* weißt du?« Dabei schaue ich zu Marie rüber. »Die Rolle hab ich ja noch intus«, aber Marie starrt nur auf das Tütchen, das Benny in der Hand hält.

Als sie meinen Blick bemerkt, senkt sie den Kopf, als verrate sie mir ein brisantes Geheimnis, und flüstert, Benny habe diese reine Sorte gekauft, die mit S. Wahrscheinlich meint Marie Sativa, das im Gegensatz zu Indica keine ermüdende Wirkung hat und das man nur sehr selten in Reinform bekommt. Genau genommen meint Marie also Pure Sativa, und der Gedanke, genau das könne sich gleich in der Kawumm befinden, lässt ein feines Kribbeln in meiner Brust entstehen. Benny stellt noch eine Wodkaflasche mit Shotgläsern auf den Sofatisch, bevor er die Kawumm stopft. Und während er schließlich den ersten Zug nimmt, schenke ich drei Wodka ein und proste Marie zu. Sie setzt ihr Glas an den Mund, und ich frage mich, ob sie mich im Winter in der Rolle des jungen Dichters gesehen hat und ob sie es noch besser machen würde als die Kleine in Bennys Video. Auf jeden Fall hat Marie sehr schöne geschwungene Lippen. Ich kippe meinen Shot, und dann reicht mir Benny die Kawumm. Ich ziehe und behalte den Rauch eine Weile in der Lunge. Ich merke schon, wie das Gras in den Kopf geht, aber noch heißt das nichts. Benny kippt seinen Shot, und als er die Gläser wieder auffüllt, greife ich mit der freien Hand in die Innentasche meines Jacketts und werfe das Zeug von Steffen auf den Tisch.

»Coke«, sage ich.

Benny zögert einen Moment, bevor er die Tüte öffnet und leicht nach unten kippt. In kurzen Abständen tippt er mit dem Zeigefinger dagegen, bis ein Klumpen auf den Tisch rollt. Aus seinem Portemonnaie holt er eine EC-Karte, zerdrückt den Klumpen und hackt anschließend wie mit einem Zwiebelmesser durch das Pulver, das immer feiner wird und sich langsam zu drei gleichmäßigen Lines formt. Benny legt das Tütchen zurück und greift nach einem Stapel Post-its. Er streift ein Blatt ab und reicht uns den Block. Ich schaue ihn aufmerksam an, während er sich nach unten beugt und eine der Lines snifft. Als er wieder hochkommt, hält er den Kopf still und schließt die Augen. Ich bin mir nicht sicher, weshalb mir Steffen das Zeug gratis gegeben hat.

Benny öffnet seine Augen. »Mann«, sagt er, »nicht schlecht«, und plötzlich fange ich an zu kichern, das passiert mir so gut wie nie, aber Marie hat recht. Benny hat wirklich Pure Sativa besorgt, das einzige Marihuana, das sich mit Kokain verträgt, und da ziehe ich ein Post-it ab und rolle es zusammen.

Meine Schleimhaut kitzelt, und mein Nasenloch verstopft wie immer für einen kurzen Moment, bevor es kühl wird und aufklart, als hätte ich Nasenspray genommen. Das Kokain kündigt sich mit einem sanften Euphorieschub an, und ich halte Marie das Post-it hin, doch Marie schüttelt den Kopf.

»Komm schon«, sage ich.

Marie greift schnell nach einem Shot. Das sei ihr lieber, erwidert sie, lacht, und ich denke, dass der Abend ja gerade erst losgeht. Ich erinnere mich nicht, wann ich das letzte Mal Sativa und Kokain kombiniert habe. Ich verspüre eine Aufbruchstimmung, nicht nur auf heute bezogen, nein, auf morgen und die Tage darauf, auf meine Zukunft. Es fühlt sich fast so an wie damals bei dem Kanuausflug auf unserer Kennlernklassenfahrt am Glindower See, nur dass ich mittlerweile gereift bin und solche Empfindungen besser einordnen kann. Ich weiß um meine privilegierten Anlagen, ich weiß aber auch, dass ich sie aktiv zur Geltung bringen muss. Ich fuhr mit Paul in einem Zweier. Ich saß hinter ihm und beobachtete das Zusammenspiel seiner Rückenmuskeln, die rechts und links hervortraten, je nachdem, auf welcher Seite er das Paddel ins Wasser schlug. Paul hatte, seit er sechs war, Schwimmunterricht genommen und zog unseren Zweier fast allein. Wir waren mit Abstand die Schnellsten und kamen nach dem Ausflug als Erste wieder an. Wir warteten in unserem Kanu auf die Nachzügler, als Paul auf einmal anfing zu paddeln. Ich wollte irgendetwas sagen, schließlich fuhren wir zurück, und vielleicht hätten die anderen übersehen, dass wir längst auf sie warteten, aber Paul war nicht aufzuhalten. Und dann wurde mir klar, dass er auf Maja und Odine zusteuerte, die gerade in die Reichweite des Ufers vordrangen. Ein paar Sekunden später schrammten wir ihr Kanu, und die beiden kippten ins Wasser. Eine Weile beobachteten wir die kreischenden Mädchen, dann begann Paul von neuem loszupaddeln, und da stieg in mir dieses Gefühl auf, nichts könne mich aufhalten auf meinem Weg nach oben, mehr noch, ich müsse gar nichts tun dafür, alles komme von allein zu mir. Wir versenkten ein Kanu nach dem anderen, und auch Frau Jaresch hätten wir gekentert, wenn sie nicht so zornig geguckt hätte aus Angst, sie würde aufgrund ihrer Fettleibigkeit ertrinken.

Benny hat sich einen asphaltfarbenen V-Pullover über die Schultern gehängt. Er steht mit Marie in der Tür, während ich in meiner Umhängetasche das Deo ertaste. Ich gehe hinter ihnen aus dem Zimmer auf den kleinen Flur, doch statt die Treppe zu nehmen, öffne ich die Tür gleich rechts. Im Bad lege ich mein Jackett ab und ziehe mir das Feinripp-T-Shirt über den Kopf. Ich habe kaum geschwitzt, aber um auf Nummer sicher zu gehen, greife ich nach einem Handtuch, das neben der Duschkabine hängt, tupfe mir damit die Achseln und reibe es über meinen Rücken. Sorgfältig trage ich eine neue Schicht Deo auf, dann hole ich das frische, slimgeschnittene Hugo-Boss-Hemd heraus und ziehe es an.

Unten steige ich in meine Lederschuhe. Wieder kneife ich die Augen zusammen. Als sie sich entspannen, schaue ich in den Spiegel des Wandschrankes, um meinen Look zu kontrollieren.

Hinter mir gibt Benny Marie einen Kuss. Eine Hand legt er ihr in den Nacken, die andere auf den Po.

10

Wir hätten den Wodka mitnehmen sollen, denke ich, während unser Taxi auf die Kleinmachnower Allee lenkt. Mein Mund fühlt sich trocken an, mein Gaumen juckt, und irgendwie ist mir ziemlich warm. Gott sei Dank habe ich ein außergewöhnliches Gefühl für meinen Körper und kann ihn gut kontrollieren, wenn ich mich konzentriere. Ich nicke dosiert zum Beat, der mit dem neuen Track einsetzt, und dabei beobachte ich Marie, und Marie scheint gar nicht zu wissen, was da gerade aus den Boxen kommt. Sicher läuft Dr. Dre nur noch als Klassiker im Radio, doch aus seiner Zeit stammen einige der besten Tracks der Rapgeschichte, und »Still Dre« gehört definitiv dazu. Das erste Mal habe ich den Track nach den Winterferien in der siebten Klasse gehört. Seit der Fahrt zum Glindower See belegten Paul und ich die letzten Plätze der Fensterreihe. Steffen saß allein vor uns, und Benny kam erst zu Beginn des zweiten Halbjahres von Kiel nach Kleinmachnow. Er saß, glaube ich, sehr weit vorn. Jedenfalls stand er in einer Pause an meinem Platz. Paul war gerade ins Bad gegangen, nachdem er mir seinen MP3-Player gegeben hatte. Wir hörten damals noch deutschen Hip-Hop, und ich sollte einen neuen Track von Too Strong einschätzen. Aber als Benny vor mir stand, nahm ich die Kopfhörer ab. »Hier«, sagte er, »hör doch mal echten Rap«, und auf der CD, die er mir auf den Tisch legte, war das Album *2001,* und ich frage Marie, ob sie Dr. Dre nicht kennt? Marie dreht sich zu mir, ich bin unsicher, ob sie ihre Augen zusammenkneift oder sie nicht weiter aufkriegt.

»Das gehört zum Allgemeinwissen«, sage ich. »Zum angenehmen Teil davon. Die Lücke sollte sich also schließen lassen.«

Jetzt lächelt Marie zwar, allerdings wirkt sie immer noch sehr schüchtern. Etwas mehr Offenheit würde mir schon zustehen.

»Ich kann dir das Album geben, wenn du willst«, fahre ich fort, und als Marie mir auch dann nicht entgegenkommt, als sie nur leise antwortet, sie *glaube,* sie habe es auf ihrem Laptop, wird mir bewusst, dass sie sich gerade an einem schwierigen Punkt in ihrer Entwicklung befindet. Entweder sie scheitert, oder sie schafft endlich den Durchbruch. Und vielleicht sollte ihr jemand helfen. Vielleicht braucht sie nur einen Stoß in die richtige Richtung, dorthin, wo sich Anna bereits befindet.

Im Gegensatz zu Marie hat Anna längst gelernt, sich auf solche Vorstöße einzulassen. Sie weiß sie zu schätzen, und deshalb werde ich Anna gleich etwas offensiver begrüßen als sonst. Ich wende mich von Marie ab. In ein paar Minuten sind wir bei Paul, und ich versuche, mich im Fenster zu spiegeln. Die Straßenbeleuchtung ist jedoch so hell, dass mein Blick direkt nach draußen rutscht, auf Sokrates und Platon, deren Marmorköpfe am Eingang des Restaurants von zwei Fackeln in loderndes Licht getaucht werden. *Kleingriechenland* habe ich den Aufsatz genannt, den wir in der achten oder neunten Klasse über Kleinmachnow schreiben sollten, weil das Restaurant mit Sokrates und

Platon das Erste ist, was einem auffällt, wenn man von Berlin nach Kleinmachnow reinfährt. Ich kann mich nicht mehr genau erinnern, aber ich habe sicher eine Eins bekommen, allein die Überschrift stach die Aufsätze der anderen aus. Wir passieren das Restaurant, doch statt geradeaus auf die Zehlendorfer Allee zu fahren, biegen wir rechts ab in Richtung Teltow.

Als ich mich nach vorn beugen will, dreht sich Benny zu uns. »Little Sightseeing«, sagt er und zwinkert. Er stellt den Track lauter und rappt die letzten Sekunden mit. »Still taking my time to perfect the beat, and I still got love for the streets, it's the D R E.«

Der Track blendet in das KISS FM-Intro über, während Benny das Radio wieder leiser dreht. Seine Mutter sei heute daran vorbeigefahren. Sie habe ein Foto gemacht und werde es vielleicht ihren Sechstklässlern zeigen.

»Praxisbezogener Umgang mit den Lernstoffen«, sagt Benny. »Die schreiben nächste Woche ein Diktat.«

Als wir das Ortseingangsschild hinter uns lassen, hebt Benny seine Hand und deutet auf die Baustelle neben der Straße. Der Taxifahrer nimmt das Gas raus und lenkt in die Einfahrt. Ich betrachte das Plakat der Baufirma Trendline, neben dem wir halten. Moderne Altbauwohnungen mit Balkons in den höheren Stockwerken und kleinen Gärten im Erdgeschoss sind darauf abgebildet. Die Baustelle besteht bis jetzt allerdings nur aus einem ziemlich großen Loch.

»Ich seh nichts«, sagt Marie.

»Spotlight«, erwidert Benny und schnippt mit dem Finger.

Der Taxifahrer schaltet das Fernlicht ein, und da fällt mir auf, dass Benny gar nicht die Baustelle meint, sondern die einzelne Plattenbaureihe, die einige Meter weiter hinten steht. Ich muss schon ein wenig darüber schmunzeln, dass sich diese Wohnungen zum Teil immer noch halten, doch dann sehe ich das Stofflaken, das über einige Fenster gespannt ist. Nein, es sind mehrere zusammengenähte Stofflaken, die vom Fernlicht unseres Taxis angestrahlt werden. Auf ihnen befindet sich ein verschmierter roter Schriftzug, und während ich den Schriftzug lese, bekomme ich einen Kicheranfall, als hätte ich gerade erneut an der Kawumm gezogen oder mir eine Line gelegt, die das Sativa noch einmal pusht. *Ohne Not,* steht auf den Laken, *macht ihr unsere Lebensräume tod!*

Der Kicheranfall hält die ganze Strecke an, die wir zurück zu Sokrates und Platon fahren. Auch Benny lacht mehrmals, selbst der Taxifahrer grinst, nur Marie bleibt stumm. Ich weiß nicht, was da in ihrem Kopf vorgeht, aber ich glaube mittlerweile, dass sie einfach zu viel geraucht hat vorhin und erst über den Peak hinwegkommen muss, bis sie wieder etwas lebhafter wird. Ich dagegen versuche probeweise, meine Mundwinkel zu neutralisieren, denn diesmal fahren wir wirklich auf die Zehlendorfer Allee. Wenig später biegen wir in die letzte Seitenstraße vor Berlin, und als ich die dreiflammigen Laternenbäume erblicke, die den Weg zur Stadtvilla säumen, habe ich mich bestens im Griff. Der Taxifahrer öffnet Marie die Tür. Bevor er auf meiner Seite steht, greife ich nach meiner Umhängetasche und steige aus. Benny zieht einen Zwanziger aus seinem Portemonnaie.

»Vielen Dank«, sagt er und drückt die Hand des Taxifahrers wie nach einem Businessmeeting.

Als Benny seinen Arm um Marie legt, drehe ich ab und gehe dem Bass entgegen, der aus der Villa kommt. Ich senke den Kopf für einige Sekunden, bevor ich zum Hauspodest aufblicke und die Stufen nach oben nehme. Anna trägt ein Sommerkleid aus schwarzem dünnem Stoff und Stiefeletten mit Keilabsatz, deren dunkles Braun für einen subtilen Reizmoment sorgt und wunderbar zu den Kontrasten auf meiner Jeans passt. Bei unserem zweiten Wangenküsschen neige ich meinen Kopf etwas weiter, so dass ich Annas Haut ganz leicht mit den Lippen berühre. Ich lasse meine Hand noch kurz auf ihrer Hüfte ruhen, dann schlage ich mit Paul und Steffen ein.

»How's the party?«, frage ich.

»Nett«, antwortet Steffen. »Leider darf drinnen nicht geraucht werden.« Er nimmt einen Zug von seiner Zigarette und bläst den Rauch durch den Mundwinkel zur Haustür, die von einem Metallstopper einen Spaltbreit offen gehalten wird. Mit der freien Hand deutet er auf Paul. »Anweisung vom Gastgeber.«

Sein Daumen und der Zeigefinger bilden dabei einen rechten Winkel, wie eine Pistole sieht das aus, die Steffen auf Paul richtet, und Paul will etwas erwidern, doch in dem Moment kommt Linda aus dem Haus. Sie fächert sich mit beiden Händen Luft zu und reißt die Augen auf.

»Man, it's gettin crowded in there«, sagt sie.

Ihre Erschöpfung wirkt kaum gespielt, was sicher auch daran liegt, dass sie vorab einen ziemlich hohen Aufwand betrieben hat: Linda trägt ein enges dunkelblaues Kleid. Eine dünne Stoffjacke in derselben Farbe hängt über ihren Schultern. Ihre samtenen Stöckelschuhe sind ebenfalls blau, und auch die Handtasche bricht das Farbmuster nicht auf, das in seiner penetranten Konsequenz die Anstrengung verrät, mit der Linda ihr Outfit zusammengestellt hat.

»Anyways«, sagt sie. »Good to see you.«

Ich gebe ihr zwei Wangenküsschen, da stoßen Benny

und Marie zu uns. Benny begrüßt erst Anna und schlägt noch mit Paul und Steffen ein, bevor er Linda an die Hüfte fasst und seine Lippen halb auf ihren Mund drückt. Linda schaut Marie an, und Maries Brüste machen neben denen von Linda einen nahezu unterentwickelten Eindruck, und auch die Brünette aus dem Porno kann Linda da nichts entgegensetzen.

»Also«, sagt Paul, greift nach einem Aschenbecher, der auf dem Boden steht, und drückt seine Zigarette aus. »Auf in die Villa.«

Im Flur streckt uns Paul seinen Arm hin: »VIP-Garderobe.«

Benny nimmt Marie die Jeansjacke ab und legt sie zusammen mit seinem V-Pullover über Pauls Arm. Ich streife Paul meine Tasche über die Schulter und sage ihm, dass mein Jackett keinesfalls liegen darf.

»Kein Problem«, erwidert Paul, während ich es ausziehe. »Ich häng's auf einen Bügel«, und dann geht er mit all den Sachen zu dem Treppenaufgang neben dem Bad.

Sein Rücken ist vollkommen durchgestreckt, und den Arm mit den Jacken hält er etwas vom Körper weg, als würde er jemandem anbieten, sich einzuhaken. Wenn Paul kein Kurzarm-, sondern ein Langarmhemd tragen und es bis oben hin zuknöpfen würde, könnte man meinen, er käme frisch von der Butlerschule. Paul verschwindet im zweiten Stock, und ich betrete das Wohnzimmer. Die Luft riecht nach Schweiß und Alkohol. Paul hat das Piano zur Seite geschoben, damit das ganze Parkett zum Tanzen genutzt werden kann, aber es ist kaum noch Platz. Benny und die anderen stehen schon drüben an der Küchenbar. Als das Intro zu Jay-Z einsetzt, »Real as it gets«, ext Benny einen Shot, und Anna und Linda gehen auf den Floor.

Annas schwarzes Kleid schmiegt sich faltenlos an ihren Körper. Ihre langen dunkelblonden Haare sitzen perfekt, der Pony berührt nur fast ihre Augen, die sie beim Tanzen schließt. Als Anna ein paar Physikern gefährlich nah kommt, hält Linda sie am Arm. Lindas Kleid liegt ebenfalls eng an, nur am Bauch wellt es sich ein bisschen, weil sie das Kleid aus Amerika mitgenommen hat und sie ihre Figur in dem Jahr hier doch noch mal um einiges verbessern konnte. Anna hebt den Kopf, schaut sich um und lacht. Die beiden umarmen sich, tanzen eng beieinander, und dann küssen sie sich, und die Kamera zoomt langsam auf ihre Münder, bis man nur noch die Lippen sieht und die Zungen, und als die Kamera wieder rauszoomt, steht ein junger Mann hinter ihnen, dessen perlenzianfarbenes Slimfithemd seinen Körper betont, seine Athletik, die durch das Gesicht erst lebendig wird, durch die feine Haut, die zarten Locken, die seine Stirn umspielen.

11

Benny formt ein Westcoast-Double-U mit seiner rechten Hand, als ich zur Bar komme, kippt den nächsten Shot und zeigt dann Richtung Linda und Anna. Ich nicke, warte aber noch ab, während er und der Rest losgehen. Marie muss über den Peak hinweg sein, so zielstrebig, wie sie auf den Floor läuft, und so ausgelassen, wie sie ihren Kopf zu den Beats hin- und herwirft. Fast stolpert sie in Jana und Jonas rein, die knapp vor ihr zurückweichen. Die beiden halten irritiert inne, bevor sie sich wieder an den Händen fassen, und das ist ihre einzige Berührung beim Tanzen, obwohl sie schon in der Zehnten zusammengekommen sind und laut Steffen seit ihrem gemeinsamen ersten Mal mit niemand anderem Sex hatten. Doch selbst, wenn sie nicht so ängstlich wirken würden, sähen sie irgendwie falsch aus als Paar. Jonas hat mittlerweile derart starke Locken, dass sie einem Afro glichen, hätten sie nicht diese langweilige aschblonde Farbe, und Jana trägt dagegen einen markanten, dunkelbraunen Kurzhaarschnitt. Dabei sieht ihr Körper für sich genommen gar nicht schlecht aus. Jana ist schlank und hat mittelgroße, feste Brüste. Ihrem Po merkt man zwar das fehlende Rückentraining an, aber daran könnte sie arbeiten. Als Jana Steffen entdeckt, zieht sie Jonas weiter in die Mitte des Floors, und ich verliere sie aus den Augen. Steffen steht einen Moment da, dann beginnt er, langsam mit dem Kopf zu nicken. Benny nähert sich Marie, und Paul, der seinen Garderobenjob offenbar erledigt hat, taucht vor Linda auf, doch Linda geht nicht auf ihn ein. Plötzlich erscheint Roland im Bild. Er versucht tatsächlich, so etwas wie einen Moonwalk zu tanzen. Als er mich zu sich winkt, mache ich mir einen Drink.

Ich schaue die Flaschen durch, die auf der Bar stehen, als sich einer der Physiker neben mich stellt.

»Was los?«, rufe ich, und Hendrik, ich glaube, das ist sein Name, versucht ein ernstes Gesicht, was ziemlich erbärmlich wirkt, weil seine viel zu große Nase von zwei rötlichen Einkerbungen zerfurcht wird, dort, wo er sonst seine Brille trägt.

Hendrik sagt, dass er heute vielleicht voll auf Anna gehen werde. Er sagt wirklich *vielleicht* und *voll,* und ich denke, dass ich mich nach dem Drink *voll* um Anna kümmern werde, und *vielleicht* darf Hendrik mir zuschauen, damit er eine Ahnung davon bekommt, wie man so was anstellt. Er geht einen Schritt zur Seite, um jemandem Platz zu machen, und kurz darauf steigt mir dieser ranzige Teegeruch in die Nase, der sich immer bei den Leuten in den Atem frisst, deren Mägen keinen Alkohol vertragen. Roland fragt, wo ich bleiben würde, und auf einmal habe ich ein Déjà-vu. Nicht, dass ich öfter mit Roland an Bars gestanden hätte. Nein, ich erinnere mich an unseren ersten Schultag auf dem Gymnasium. Wir warteten vor unserem Klassenraum, ich wunderte mich darüber, dass so viele beieinanderstanden und redeten. Ich kannte niemanden. Das ein oder andere Gesicht hatte ich zwar auf der Grundschule gesehen, aber aus meiner alten Klasse war keiner dabei. Und dann kam eine kleine dicke Frau mit dunkelrot gefärbten Haaren und öffnete die Tür. Frau Jaresch lief in den

Raum, und die Klasse folgte ihr. Langsam wurde es leer auf dem Flur, die aufgeregten Stimmen verlagerten sich ins Zimmer, und je lauter es dort wurde, desto schwerer fiel es mir hineinzugehen. Und irgendwann stand ich allein da, alle anderen waren bereits drin, und ich stellte mir vor, wie sie auf ihren Plätzen saßen und mich anschauen würden, wenn ich jetzt einträte, und dabei würden sie anfangen zu grinsen, weil alle Stühle besetzt wären, und ich würde in der Mitte stehen und wüsste nicht, wohin. Und dann tauchte in der Tür ein Gesicht auf, nicht das von Frau Jaresch, sondern das blasse Milchgesicht, das sich bis heute nicht verändert hat. Ich war Roland noch nie begegnet, trotzdem ging er einen Schritt auf mich zu und fragte, wo ich bleiben würde. Und in dem Moment, als ich sein Gesicht sah, nahm ich mich zusammen, zuckte dezent die Schultern und antwortete, dass es höflich sei, die anderen vorzulassen.

»Ich komme gleich«, sage ich.

Ich deute auf die Flaschen vor mir, da sehe ich, dass Hendrik uns drei Tequila gemacht hat. Es gibt keinen Zimt und auch keine Orangenscheiben, wie es üblich ist, doch Hendrik scheint das nicht zu stören, genauso wenig wie die Möglichkeit, dass ich unter Umständen gar keinen Tequila will. Er nimmt ein Glas und prostet uns zu, und es ist völlig klar, dass sein Gedanke an Anna vermessen ist. Roland langt nach den Shots, aber ich halte ihn zurück.

»Sachte«, sage ich. Ich greife selbst nach den beiden übrigen Gläsern und reiche Roland seinen Tequila. Als er mir das Glas abnehmen will, halte ich es fest. Die Möglichkeiten solcher Menschen sind nach oben hin undurchdringlich begrenzt. Roland muss lachen, doch schon nach ein paar Sekunden wird er unsicher.

»Auf dich«, sage ich. »Cheers!«

Anna, Paul und Steffen bilden einen Kreis, den Anna mehrmals aufbricht, wenn die beiden ihr zu nahe kommen. Daneben schmiegt sich Benny an den Rücken von Marie, die gleichzeitig vorn von Linda umarmt wird, sodass sie einen Augenblick lang zwischen den beiden kaum zu sehen ist. Es läuft »Picasso Baby«, und ich bewege mich langsam auf Anna zu. Paul rempelt mich an, aber ich behalte das Gleichgewicht. Ich lehne mich sogar gegen ihn, so dass er einen kleinen Schritt zur Seite tanzen muss, und berühre Annas Arm. Ich gehe dicht an sie heran, da packt mich Paul an der Schulter. Als er mich wegschiebt, taucht Anna in der Menge ab. Unter meinen Achseln wird es heiß. Ich boxe Paul gegen die Brust und höre mich dabei lachen. Benny kommt zu uns und legt seine Arme um unsere Nacken. Er ruft irgendetwas, das ich nicht verstehe, schlägt mit Paul ein und mit mir und verschwindet. Ich gucke mich nach Anna um, doch es ist zu voll. Paul nähert sich Linda, die immer wieder vor ihm zurückweicht, bis sie den Abstand allmählich schmelzen lässt. Kurz bevor Paul seinen Arm um ihre Hüfte legen kann, schubst sie ihn spielerisch nach hinten. Einen guten Meter Luft verschafft sie sich, dann stoppt Paul ab und nähert sich ihr erneut, als hätte Linda eine unsichtbare Leine an ihm befestigt, die sie je nach Belieben locker lässt oder strafft, und da wende ich mich Marie zu. Marie schaut auf und tanzt ein paar Schritte von mir weg. Ich folge ihr, und als sie noch weiter zurückweicht, halte ich sie fest, denn mit mir kann man nicht spielen. Marie schüttelt den Kopf. Ich glaube, dass sie jemand ist, deren Schüchternheit man brechen muss. Ich ziehe sie zu mir, versuche, einen gemeinsamen Rhythmus zu etablieren, aber Benny kehrt von der Bar zurück und lenkt Marie mit den fünf Whiskeys ab, die er in den Händen hält. Marie löst sich von mir und greift nach zwei

Gläsern für Linda und Paul. Das dritte nimmt sie sich selbst.

»Leo«, ruft Benny, er riecht nach Wodka, und das Glas streckt er mir so abrupt hin, dass ihm der halbe Whiskey über den Handrücken schwappt.

Ich nehme den Drink vorsichtig entgegen und nippe ein paarmal. Ich bewege mich gut und rhythmisch. Linda lehnt sich mit dem Rücken an Paul, und Benny und Marie küssen, und irgendwie merke ich nur noch den Alkohol. Von dem Sativa spüre ich nichts mehr, und ich überlege, eine Line nachzulegen. Ich mache einen Schritt zurück, und dabei trete ich jemanden hinter mir, und dann höre ich eine Stimme, die nur Mike gehören kann, weil sie diese kehlige Afrikanertonlage hat, doch alles geht so schnell, dass ich nicht nachschauen kann. Ich werde nach vorn gedrängt und lande zwischen Pauls und Bennys Rücken. Marie hat ihre Hand auf Bennys Hinterkopf, dann auf seinem Hemd, und als sie weiter Richtung Hose wandert, kippe ich den Whiskey und fahre meinen Ellenbogen aus. Ich treffe Paul hart im unteren Rückenbereich. Sofort winde ich mich davon. Durch die Leute, die sich an mir vorbeigeschoben haben, sehe ich, dass Paul ganz dicht hinter Benny steht. Marie weicht zur Seite, als Benny sich umdreht. Paul legt ihm seine rechte Hand auf die Brust, und da versucht Marie, Benny zu sich zurückzuziehen. Wie ein kleines Kind sieht sie aus, das verzweifelt an seinem Vater zerrt, wahrscheinlich erinnert sie ihr Körpergedächtnis gerade daran, wie es sich anfühlt, dauernd an einem neuen *Gerrit* zu hängen, den sie schließlich doch nicht aufhalten kann. Und nach einem letzten Versuch folgt die Resignation, und Marie lässt sich von den Umstehenden schlucken. Ich schiebe mich wieder nach vorn. Um Paul und Benny hat sich ein Kreis gebildet. Pauls

Hemdärmel ist hochgerutscht und schneidet in die Kuhle zwischen Schultermuskel und Bizeps.

»Jungs«, rufe ich und schaue sie abwechselnd an. »Was denn passiert?«, aber keiner der beiden rührt sich.

»Schalt mal ’n Gang runter«, sagt Paul nach einer Weile und nimmt Benny den Whiskey aus der Hand.

»Ich bin okay«, erwidert Benny, doch seine Stimme klingt übersteuert.

Wie aus einer billigen Box, denke ich, und dann lege ich meinen Arm um ihn. »Everything’s cool«, rufe ich Paul zu und lenke Benny aus dem Wohnzimmer.

»Ist vielleicht besser, wenn du gehst, Ben.« Ich schiebe Benny auf das Hauspodest und ziehe mein iPhone aus der Hosentasche. »Ich ruf dir ein Taxi.«

Benny wippt mit dem Oberkörper leicht zurück, dann schnellt er nach vorn und packt meinen Kopf. Unsere Gesichter sind dicht beieinander, und ich spanne meine Nackenmuskulatur an, damit der Abstand nicht kleiner wird. Auf Bennys Unterlippe bilden sich ganz kleine Bläschen. Er lässt meinen Kopf los und umarmt mich.

»I know you got my back«, spuckt er mir ins Ohr. »And I got yours.«

Ich habe Mühe, ihn zu verstehen, weil er seinen Mund kaum aufkriegt. Sein Vater würde immer sagen, Freundschaft sei das Wichtigste, und dann folge die Arbeit.

»In dem Moment«, schreit Benny, »wo man einen Abend zu Hause bleibt und nicht feiern geht, da hat man es geschafft.« Sein Vater habe sich das alles selbst beigebracht, und wir würden das schon hinbekommen, ich müsse mir da keine Sorgen machen. Wieder packt er meinen Kopf. Er versucht, mich anzuschauen, doch seine Pupillen driften ab. »Thanks, man. For real.«

Ich schaffe es, mich langsam von Benny zu lösen. Als zwischen uns ausreichend Platz ist, holt er das Sativa und Papes aus seiner Jeans.

»We wanna smoke by the pool«, sagt er, greift mich am Oberarm und zieht mich über den Steinweg in den Garten.

12

Die Lichter im Pool leuchten wie die kleinen Guckfenster im Flugzeug, wenn man die Wolkendecke durchbrochen hat und schutzlos unter der Sonne schwebt. Das Wasser schimmert eisblau, und es bilden sich dünne Ringe, dort, wo die Graskrümel in den Pool rieseln, und dann entstehen winzige Wellen, weil Benny das Tütchen mit dem ganzen Sativa darin aus der Hand fällt.

»Shit«, sagt Benny und starrt in den Pool. Nach einer Weile zuckt er die Achseln. »We better get some drinks«, und bevor ich darauf reagieren kann, ist er schon wieder auf dem Weg zurück in die Villa.

»Wow, ist der fertig.« Steffen erhebt sich von einem Liegestuhl etwas abseits des Pools.

Das Mädchen, das dort mit ihm gelegen hat, steht ebenfalls auf. »Mir ist so kalt«, sagt sie und will reingehen, aber Steffen hält sie fest.

»Ich wollte dir doch noch erzählen, warum meine Probezeit verlängert wurde.« Er schüttelt das Mädchen am Arm.

Ich glaube, es ist Maren. Ich erinnere mich, dass sie früher in die D ging, das war die Russischklasse, und die blieb immer unter sich, weil niemand was mit den Leuten zu tun haben wollte. Auch wenn Maren anscheinend einen fähigen Hautarzt gefunden hat, sieht man noch, woran das lag.

Die Narben auf ihren Wangen zeugen von der Akne, die die Russen wie die Pest befallen hatte.

»Mir ist so kalt«, wimmert Maren.

Steffen erzählt, wie sie ihn hätten pusten lassen, weil er Schlangenlinien gefahren sei, dabei habe er das nur aus Spaß gemacht. Sein Wert sei knapp über der Toleranzgrenze gewesen. »Eins Komma sieben«, sagt Steffen. »Null eins drüber.« Deshalb haben sie ihn zum Blutabnehmen mit aufs Revier genommen. Dort musste er warten, und währenddessen hat er überlegt, wie er diese Null Komma eins wegkriegt, und dann hatte er die Idee, das Zeug einfach rauszuschwitzen. Er habe Kniebeugen gemacht, bis er fast umgefallen sei, und die Polizisten hätten später ganz komisch geguckt, weil er so rot und verschwitzt war. Er schüttelt Maren ein bisschen. »Hat aber nichts gebracht«, sagt er. »Völlig nutzlose Aktion.« Dann gibt er ihr einen Stoß, und irgendwie schafft sie es, auf den Beinen zu bleiben und davonzutorkeln. »So kalt ist es doch gar nicht mehr«, sagt Steffen. »In einem Monat fangen wir mit den Poolpartys an. Wie findest du das Kokain?«

Auf dem Flur sehe ich den echten Afro, der noch dunkler ist als die Haut auf dem imposanten Nacken. Für seine Muskeln braucht Mike nicht einmal einen speziellen Workout. Es würde mich nicht wundern, wenn er überhaupt keinen aktiven Aufbau betreiben würde. Das Basketballtraining reicht bei ihm völlig aus, um seine Anlagen zur Geltung zu bringen.

»Whattup?«, sage ich, als wir uns neben ihn stellen.

Mike grinst, seine Augenlider hängen tief, die Augen sind gerötet, die Pupillen groß und weich.

»Muss nur mal aufs Klo«, murmelt Mike.

»Das müssen wir auch«, erwidert Steffen.

Mike lacht, während ich mich zu Steffen lehne.

»Das Coke ist oben«, sage ich. »In meinem Jackett.«

Steffen legt seinen Arm um Mike. »Ich glaube, wir werden eingeladen. Oder, Mikey?«

Mike nickt wie auf Knopfdruck, und dann öffnet sich die Badtür. Paul bleibt im Rahmen stehen und mustert uns.

»Alle noch fit?«, fragt Paul. »Mike?« Doch bevor Mike irgendetwas sagen kann, fügt Paul hinzu, dass er nicht noch mehr Stress wolle, er habe genug damit zu tun, auf Benny aufzupassen. »Der kriegt nur noch Wasser, falls ihr ihn seht.«

Ich sage »Klar«, und Mike nickt einfach weiter, und als Paul im Wohnzimmer verschwindet, gehen wir ins Bad.

»Was denn mit dem los?«, fragt Mike, hockt sich vor den Rand des Whirlpools und legt eine EC-Karte und Kokain bereit.

»Vielleicht hat er Angst«, sagt Steffen und grinst. »Guckt euch das hier an.« Mit dem Finger pult er an einer Stelle neben dem Spiegel, der über dem Waschbecken hängt. Die Stelle bröselt wie von Termiten zerfressen. »Stadtvilla«, lacht Steffen. »Wenn Benny gegen die falsche Wand läuft, bricht hier alles zusammen.«

Mike schaut von den Lines auf. »Immerhin trägt die Wand den Spiegel. Der sieht ziemlich schwer aus«, murmelt er, und ich frage Mike, ob er noch nie hier war.

»Der Spiegel wiegt gar nichts«, sage ich. »Das ist Fake-Gold. Von Praktiker oder so. Genau wie das da.« Ich lenke Mikes Blick auf den Wasserhahn vom Whirlpool und füge hinzu, dass man an vielen Details die Selbstüberschätzung von Pauls Vater erkennt. Sogar die Fliesen täuschen. Wenn man genau hinschaut, sind überall winzige Risse zu sehen, die den Marmor als unecht entlarven. Solche Fauxpas würden meinem Vater nie unterlaufen, da bin ich mir sicher. Ich rolle einen Notizzettel von Steffen zusammen. »Auf den ersten Blick sah die Villa okay aus«, erkläre ich. »Aber ein zweiter Blick wäre vor dem Kauf nicht schlecht gewesen. Die Renovierungskosten sind riesig.«

Mike snifft eine Line. Ihm sei das nie aufgefallen, gesteht er, und das mag an seinen Genen liegen, denke ich, während ich mich zu dem Kokain runterbeuge. Das Gespür für solche Details ist Mike einfach nicht einprogrammiert. Steffen zieht den Rest und sagt, dass er einigen Vorrat habe.

»Das Koks ist echt gut«, entgegnet Mike, und das wiederum scheint er einschätzen zu können, denn er hat recht.

Das Kokain kommt etwas stärker rein als vorhin bei Benny. Mein Herz beginnt zu pochen, als würde ich aufgeregtes Stimmengewirr hören, und diese Stimmen lassen keinen Zweifel, der Saal ist bis auf den letzten Platz gefüllt, und ich stehe auf der Bühne und warte darauf, dass sich der Vorhang öffnet. Apropos Menge, fügt Steffen mit einem Grinsen hinzu, ein bisschen Vorsicht könne nicht schaden. Er habe die Quelle gewechselt, das Zeug sei minimal stärker als üblich.

Mike hat seine Sachen zusammengepackt und fragt, ob wir so weit seien.

»Klar«, sagt Steffen und öffnet die Tür.

Doch nachdem Mike aus dem Bad gegangen ist, schließt Steffen sie wieder und schaut mich an. Ich fasse mir an die Nase und kontrolliere mich im Spiegel. Ich habe keine weißen Spuren im Gesicht, überhaupt sehe ich ziemlich gut aus. Meine Haare sitzen noch immer, und das Kokain klärt die Rötung, die sich durch das Sativa in meine Augen geschlichen hat. Trotzdem sinken Steffens Mundwinkel ab, bis seine Lippen einen harten Strich bilden.

»Leo«, sagt er. »Ich hab da noch ein paar feine Sachen. Das hier zum Beispiel.« Er drückt mir ein schwarzes Tütchen in die Hand, dessen Inhalt sich wie eine Vitamin C anfühlt.

Ich frage, was genau er mir da gibt.

»Vertrau mir«, erwidert Steffen nur, lockert seine Lippen zu einem Grinsen und sagt, dass er jetzt einen Drink vertragen könne.

Auf dem Flur zieht die Wirkung noch einmal an, und ich denke, dass ich etwas trinken sollte, was das Kokain dämpft.

»Wie wär's mit einem Glas Rotwein?«, frage ich, doch Steffen hört mir nicht zu.

Er fixiert Jana und Jonas, die an der Garderobe nach ihren Jacken suchen.

»Wieso verschwendet sich Jana an so jemanden?«, fragt er. Als ich erwidern will, dass Jana sich auch nur in der oberen Mittelklasse befinde und Jonas zwar weiter unten angesiedelt sei, aber durchaus in demselben Feld, kommt mir Steffen zuvor. »Jana ist tief verunsichert«, sagt er. »Warte kurz, ich zeig dir, was ich meine.«

Während er ins Wohnzimmer geht, beobachte ich Jana, die sich jetzt nach unten beugt und den Jackenhaufen auf dem Boden durchwühlt. Janas weißes Top rutscht unter dem Gürtel ihrer Jeans heraus, und ich glaube, dass Jana wohl doch ins Fitnessstudio geht und dort ihren Lower Back trainiert, denn die Jeans sitzt straff, ohne dabei zu überspannen, und die nackte Haut wölbt sich keinen Millimeter über den Gürtel, obwohl er eng geschnallt ist. Jana richtet sich auf und gibt Jonas eine grüne Regenjacke, da kehrt Steffen mit einem Tablett voller Shots zurück in den Flur. Jonas holt sein Handy aus der Hosentasche, wählt eine Nummer und geht nach draußen. Jana hockt sich hin, um weiter die Jacken zu durchsuchen. Als sie eine schwarze Lederjacke aus dem Haufen ziehen will, schreckt sie auf, weil sich Steffen zu ihr kniet und die Shots abstellt, aber bevor Jana wirklich hochkommt, berühre ich schon ihre Oberarme und lehne mich mit der Brust auf ihren Rücken.

»Es ist unhöflich, eine Einladung auszuschlagen«, sage ich und drücke sie wieder nach unten, bis wir Körper an Körper vor den Shots hocken.

»Hier.« Steffen greift nach einem Glas, und ich höre Jonas rufen, als könne Jana ihm einfach folgen, als würde sie mich nicht hinter sich spüren wie eine undurchdringbare Grenze.

»Lasst mich«, sagt Jana, zerrt an meinem Arm und versucht aufzustehen, doch ihr Lower Back mag noch so wohlgeformt sein, gegen meine Frontmuskulatur hat Jana keine Chance.

Ich presse mich noch fester an sie. Ich spüre, wie sich meine Vorhaut über die Eichel zieht, während ich eine Erektion bekomme. Steffen hält Jana das Wodkaglas an die Lippen. Jemand schreit mir ins Ohr.

»Marie«, brüllt Benny und reißt mich an der Schulter nach oben.

Ich zucke zusammen. Der Schmerz in meinem Gelenk flammt auf. Benny drückt mir ein Gangster-Peacezeichen gegen die Brust.

»Marie und Linda«, schreit er.

Jana schnappt sich ihre Jacke, springt auf und läuft aus der Villa.

»Geh schnell zu deinem Albino«, sagt Steffen, und dann erzählt er irgendetwas von einem Foto, was ich nicht verstehe, weil Benny mich nach wie vor anschreit: »Was los!« Er holt aus, aber bevor er meine Schulter trifft, entdeckt er das Tablett, das neben uns auf dem Boden steht. Er hebt es auf, balanciert es irgendwie in der linken Hand, ext mit der rechten einen Shot und wirft das leere Glas knapp an mir vorbei. Ich betrachte die dunklen Spritzer, die auf dem linken Oberarm meines slimgeschnittenen Hugo-Boss-Hemdes gelandet sind. Wie Ungeziefer sitzen sie dort, und ich frage Benny ganz ruhig, ob er nicht doch besser nach Hause gehen will.

»Just gotta take a piss«, schreit er. »I'm great.«

Ich greife nach einem Glas, schaue Benny an und exe den Shot. »Show me«, sage ich, »drink up.«

Sofort kippt Benny einen weiteren Wodka. Ich trinke den nächsten Shot.

»Drink up«, wiederhole ich, diesmal ist es fast ein Schreien, und Benny zieht nach, und ich rufe noch einmal: »Drink up!«, doch da greift Steffen nach den letzten beiden Gläsern und verschwindet. »Marie und Linda«, sage ich und werde von dem Tablett unterbrochen, das Benny zwischen uns fallen lässt.

»Was ist eigentlich mit Anna?«, fragt er, und dabei liegt ein ganz seltsamer Singsang in seiner Stimme, als hätte ich Anna freigegeben, als könne Benny tun und lassen, was er will.

Ich versuche, ihn zu fixieren. Seine Bewegungen wirken abgehackt, wie in einem Computerspiel, das mit zu wenigen Bildern pro Sekunde läuft, weil die Hardware zu schwach ist. Ich schaue mich um, die gesamte Szenerie wirkt nicht flüssig, und dann greife ich in meine Hosentasche und hole das schwarze Tütchen mit der Kapsel heraus.

»Ich hab da was für dich«, sage ich. »Das macht dich wieder klar.«

Er schaut mich mit seinen glasigen Augen an. »Coke?«, fragt er.

»Viel besser«, antworte ich und greife mit der freien Hand nach der Brusttasche seines rosafarbenen Hemdes. Aus der anderen lasse ich das Tütchen hineingleiten. »Bist doch mein Freund, Ben.«

13

Die Badtür schließt sich hinter Benny, und mir fällt ein, dass ich vorhin überhaupt keinen Rotwein auf der Bar gesehen habe. Sicher gibt es irgendwo ein paar Flaschen im Haus, aber die hat Pauls Vater wahrscheinlich aus einem gewöhnlichen Getränkemarkt geholt, um Geld zu sparen. Wenigstens war der Whiskey okay, denke ich, als Steffen von draußen in den Flur kommt.

»Wusstest du, dass Albinos besonders viel Schlaf brauchen?«, fragt er. Es sei schon nach zwei, habe Jonas ihm erklärt, und morgen finde doch der Tanzkurs statt. »Als ob ihm der Kurs irgendetwas bringen würde«, fügt Steffen hinzu, und er hat recht.

Niemand wird Jonas auf dem Ball beachten, denn Jonas gehört zu den Menschen, die die Welt nicht braucht. Bestimmt wird er später so etwas wie Geologie studieren, und da lernt er, Steine voneinander zu unterscheiden und die Qualität von Böden zu beurteilen. Jonas wird ein Leben in der Bedeutungslosigkeit führen. Er wird immer im Hintergrund bleiben und irgendwann den Boden des Jahres wählen, und dann hängt er sich einen Kalender auf mit den Böden der vergangenen Jahre, und während er davorsteht und sich die Eigenschaften durchliest, glaubt er, er hätte etwas erreicht, obwohl keiner weiß, wer er ist und was er tut, mit Ausnahme der anderen bedeutungslosen Geologen. Und mit Jana wird er ein Leben lang zusammenbleiben. Jana wird langsam durch die Mittelklasse rutschen, und noch vor ihrem dreißigsten Lebensjahr wird sie zum Zwangsabstieg verurteilt, weil sie ihr Potenzial an ein Nichts wie Jonas verschwendet hat. Und während ich mir vorstelle, wie sie in einen dunklen Raum tritt, in dem Männer in schwarzen Roben sitzen, wie sich einer der Männer erhebt, um sie zu verurteilen, und sein Gesicht dabei für einen kurzen Moment sichtbar wird, ein bleiches Gesicht mit scharfen Falten und schmalen, brüchigen Lippen, ein zorniges Gesicht, während ich mir vorstelle, wie Jana zusammenfährt, als die Stimme des Mannes ertönt, verzerrt, als würden alle Richter gleichzeitig sprechen, obwohl nur ein Mund sich bewegt, während ich mir das vorstelle, folge ich Steffen zur Bar. Ich versuche, ihm zuzuhören, aber ich sehe einen dunklen Raum vor mir, in dem eine Leinwand heruntergefahren wird, und auf die Leinwand wird ein Video projiziert, und das Video zeigt Jonas. Man erkennt ihn erst auf den zweiten Blick, weil ihm der Schädel kahlrasiert wurde, und in dem kalten, mit dreckigen Fliesen ausgelegten Raum stehen dieselben Männer hinter Jonas, die das Urteil über Jana verhängen. Einer von ihnen hält etwas in der Hand. Jetzt schafft es Steffen doch, meine Aufmerksamkeit auf sich zu ziehen, weil er erneut das Foto erwähnt. Ich schenke uns Whiskey ein.

Das Foto könne er niemandem zeigen, sagt Steffen und schaut mich sehr lang an, bevor er hinzufügt, dass es sich auf seinem Notebook befinde. »Wenn du Glück hast, Leo, mach ich bei dir eine Ausnahme.«

Ich scanne den Floor. Es ist immer noch voll, Anna kann ich nirgendwo entdecken. Paul drückt Hendrik beiseite und zieht Maren hinter sich aus der Menge zur Bar.

»Kleiner Wegbegleiter«, sagt Paul und mixt eine Rum-Cola.

»Weit kommst du mit der nicht mehr«, erwidert Steffen.

Marens Augen sind halb geschlossen, und sie sieht ziemlich blass aus.

»Bis zu meinem Bett ist es ja nicht weit«, sagt Paul. »Eure Jacken liegen übrigens im Gästezimmer.«

Er greift nach der Rum-Cola, und jetzt gleicht er wirklich einem Diener, einem, der seinen Job getan hat und sich keineswegs mehr anstrengen will. So wie sich Italiener nach einem harten Tag im Restaurant kein Steak mehr braten, sondern nur eine spröde Pizza mit nach Hause nehmen, will er mit Maren losgehen. Doch sein Impuls wird erstickt.

»Was macht Benny denn noch hier?«, fragt Paul und schaut zur Flügeltür. »Ich dachte, der wär gegangen.«

Benny läuft direkt auf den Floor, zu Marie und Linda, die dort tanzen. Ich warte darauf, dass Benny stolpert, dass er umkippt oder irgendetwas anderes geschieht. Er schmiegt sich von hinten an Marie, streicht mit seinen Händen ihr Bein entlang, arbeitet sich über das schwarze Top nach oben, bis zu den Brüsten. Er wirkt aufgedreht, aber seine Bewegungen sind viel zu kontrolliert. Ich weiß nicht, was er mit der Kapsel gemacht hat. Sicher hat er sie in der Tasche seines Hemdes vergessen. Marie zieht Bennys Hand weg, mit der er ihr gerade noch durch die Haare fährt, und dann nehmen die Haare langsam wieder ihre Form an, und als ich sehe, dass sie vorn zu einem Pony zusammenfallen, bemerke ich auch, dass das Top gar kein Top ist, sondern ein enganliegendes Kleid, und das Kleid gehört Anna und nicht Marie.

»Keine Sorge«, sage ich zu Paul. »Ich mach das.«

50 Cent rappt »How we do«, während ich meinen Blick fest auf Anna richte. Sie hat den Kopf zur Seite geneigt und schaut unter ihrem Pony hervor, sieht, wie ich mich tänzelnd vom Rand in die Mitte bewege, wie meine Schultern immer breiter werden, je näher ich komme, und dann bin ich ganz dicht neben ihr und Benny, dessen maschinelle Bewegungen meine Eleganz konterkarieren, und Anna weiß, wo sie hingehört, doch Benny hält sie zurück. Ich muss mehrmals »Coke!« in sein Ohr schreien, bis er endlich von Anna ablässt. Nachdem er mich verstanden hat, folgt er mir wie auf Automatik geschaltet in den Flur. Vor dem Treppenaufgang bleibt er stehen. Irgendetwas arbeitet in seinem Kopf, aber alles, was Benny herausbringt, ist das Wort *Coke,* als sei er mit einem Mal unsicher, ob er es auf dem Floor tatsächlich aus meinem Mund gehört hat. Ich sage, dass sich das Kokain in meinem Jackett befindet, und nicke, und das Nicken überträgt sich auf Benny und wirft den Motor wieder an. Im ersten Stock setzt sich Benny auf eines der Ledersofas, die auf dem Gang stehen, und ich überlege, welche Tür zum Gästezimmer führt. Plötzlich schaut Benny auf, fixiert die Tür vor sich und grinst. Drei, vier Mal klatscht es dahinter, und dann stöhnt Paul, und ich erinnere mich, dass das Gästezimmer gegenüber von seinem liegt. Ich öffne die Tür neben dem Ledersofa und schalte das Licht an. Auf dem Bett liegen die Jacken von Benny und den anderen. Mein Jackett hängt auf einem Bügel am Kleiderschrank. Als ich es anziehe, kommt Benny ins Zimmer.

»Hier werden wir nur gestört«, sage ich. »Wir gehen in die Sauna.«

Benny starrt auf das Dachfenster. Er sitzt auf der oberen Holzbank und hält einen zusammengerollten Zwanziger in der Hand. Sein Oberkörper zittert. Der Bass vom Floor dringt gedämpft bis zu uns ins Dachgeschoss und klingt leicht verzerrt. Ich hauche die weißen Reste von meinem Etui, flippe den Deckel auf und hole eine Zigarette heraus. Nachdem ich sie angezündet habe, lasse ich das Etui in meine Jeanstasche gleiten und lehne mich nach vorn an Bennys Ohr.

»Wie war mein Geschenk?«, flüstere ich. Ich ziehe an der Zigarette und atme Rauch in sein Gesicht. »Sei ehrlich«, sage ich, »wie fandest du's?«, und dann greife ich in seine Hemdtasche, um das Tütchen herauszuholen, doch es ist nicht mehr dort, wo ich es hingetan habe.

Irgendetwas stimmt nicht. Ich drücke die Zigarette auf den Saunasteinen aus, lange Benny ins Gesicht und ziehe ihm mit den Daumen die Augenlider hoch. Ich frage ihn, ob er die Kapsel genommen hat. Benny versucht, den Kopf zu schütteln, schafft das aber nicht, weil er zwischen meinen Händen festsitzt.

»Du hast sie verloren«, sage ich. »So gehst du mit meinen Geschenken um.«

Benny zuckt die Achseln. Ich packe ihn an den Schultern und schlage ihm mit der flachen Hand ins Gesicht, beim dritten Schlag lässt er den Geldschein los und beim fünften rutscht die Sonnenbrille von seinen gegelten Haaren, fällt auf den Boden, und ich kicke sie mit dem Fuß unter die Bänke.

»Benny«, frage ich, »wo ist denn deine verdammte Sonnenbrille?«

Jetzt scheint er zu sich zu kommen.

Er betastet seinen Kopf und sagt etwas wie »Scheiß drauf«.

Ich betrachte seine glänzende Unterlippe, und dann deutet er mit dem Kopf zur Tür.

»Klar«, entgegne ich, »wir gehen gleich. Aber wir sind doch noch nicht fertig. Eine Runde passt doch noch.«

Es braucht eine Weile, bis das zu ihm durchdringt. Ich hebe den Zwanziger auf und hole das Kokain aus meinem Jackett. Ich tue so, als würde ich das Pulver direkt aus dem Tütchen ziehen, dann gebe ich es Benny. Als ich sehe, dass er es komplett umdreht, will ich dazwischengehen. »Warte!«, aber es ist zu spät. Eine hauchfeine Wolke stiebt auf, und ein paar gröbere Stücke fallen heraus, die ich auf dem Holz nirgendwo wiederfinde. Sie müssen genau in den Ritzen gelandet sein, und die Ritzen sind zu tief, um daran zu kommen. Ich starre auf das leere Tütchen zwischen Bennys Fingern. Ich gehe einen Schritt auf ihn zu. Ich fasse ihm in den Nacken, da sehe ich die weiße Schicht auf seiner Jeans.

»Schau mal«, sage ich. »Da haben wir ja Glück gehabt.«

Benny sitzt reglos auf der Bank. Ich schiebe seinen Kopf vorsichtig an. Auf halber Strecke bewegt sich Benny von allein nach unten. Ich stecke ihm den zusammengerollten Geldschein in das rechte Nasenloch. Das andere halte ich mit meinem Zeigefinger zu. Benny zieht das Kokain, richtet sich auf und schließt die Augen.

»Gut. Oder, Ben?« Ich nehme ihm das leere Tütchen ab und stecke es in mein Jackett.

Auf Bennys Gesicht haben sich Schweißperlen gebildet. Er merkt nicht, dass sich der Schein immer noch in meiner Hand befindet. Ich zünde mir eine neue Zigarette an und behalte den Rauch kurz in der Lunge, bevor ich ihn ausatme. Dann knülle ich den Zwanziger zusammen und stopfe ihn Benny zwischen die Lippen.

»Pass auf dein Geld auf«, sage ich.

Als ich ihm einen Stoß gebe, spüre ich, dass sein Arm heiß ist, und ich gehe aus der Sauna, sehe meine Hand auf dem Regler, der draußen neben der Glastür angebracht ist, sechzig Grad, siebzig Grad, achtzig Grad, und drinnen kippt Benny von der Bank, und erst, als ich jemanden auf der Treppe höre, kriege ich mich wieder in den Griff.

Der Regler zeigt auf null. In der Sauna ist Benny tatsächlich umgekippt, aber nur zur Seite. Mit geschlossenen Augen liegt er auf der oberen Bank. Ich wende mich ab. Hätte das Geld noch für eine Duschkabine gereicht, könnte ich hinter den Vorhang treten, doch die dafür vorgesehene Nische steht völlig blank. Pauls Vater hat bisher nur die Sauna eingebaut. Davor liegen die gleichen unechten Marmorfliesen wie in dem Bad im Erdgeschoss, und diese Fliesen führen auf den Flur zu, auf die Tür, die halb geöffnet ist, und bevor sie ganz aufgestoßen wird, drücke ich mich neben ihr an die Wand, greife nach der Klinke und ziehe die Tür so weit zu mir, bis sie mich vollständig verdeckt. Die Schritte auf der Treppe werden lauter, verstummen für einen Moment.

»So eine Scheiße«, sagt Paul dann.

Ich höre, wie er über die Fliesen läuft, und als er die Sauna aufmacht, luge ich hinter der Tür hervor. Paul trägt nur eine Jogginghose. Er beugt sich über Benny, und da schiebe ich mich vorsichtig aus dem Spalt zwischen Tür und Wand.

»Du nimmst jetzt ein Taxi.« Paul packt Benny am Kragen. »Verstanden?«

Nachdem er ihn ein paarmal geschüttelt hat, zieht Paul Benny auf die Beine, und dabei schwillt sein Kapuzenmuskel an. Wie in einem Video, das den Effekt einer Upper-Back-Übung zeigt, denke ich und verlasse den Wellnessbereich.

Der Stoff über Lindas Bauch gleicht zerknicktem Papier, so kantig sind die Falten, die ihr Kleid an der Stelle wirft. Linda steht im Flur neben Marie, der vereinzelte Locken strähnig auf der Wange liegen. Ich will an ihnen vorbeigehen, aber Marie hält mich auf.

»Wo bleibt denn Benny?«, fragt sie und fügt in ihrem lächerlichen Imperfekt hinzu: »Ich sah euch doch vorhin zusammen.«

Ich antworte, dass ich mit ihm seine Jacke holen wollte. »Aber ich *verlor* ihn aus den Augen, Marie.«

Linda flüstert ihr etwas ins Ohr, und dann verändert sich Maries Blick, und sie schaut mich an, als hätte sie die ganze Zeit ein bestimmtes Detail übersehen, das ihr jetzt erst auffällt. Ungläubig guckt sie mir nach, sieht, wie ich durch die Flügeltür auf den Floor gehe, mich langsam auf Anna zubewege, die dort immer noch tanzt, weil sie wusste, dass ich zu ihr zurückkomme. Der Abstand zwischen uns schwindet, und Anna dreht sich, und ich lege ihr meine Hände auf die Hüfte, während ich mich an ihren Rücken schmiege. Annas Hals riecht nach Dolce & Gabbana. Ich presse sie fest in meinen Schoß, fahre ihr mit der linken Hand durch die Haare, drehe sie, spüre ihren Atem im Gesicht. Das Aroma von süßem Alkohol, nein, saurem Alkohol, von saurem Alkohol und … ranzigem Tee, und dann schaue ich auf, und ich denke, dass Roland schon immer irgendwie gestunken hat, schon am ersten Tag des Gymnasiums, als ich mich neben ihn ganz vorn in die Wandreihe setzen musste. Damals roch er stark nach Rauch, und ich glaubte erst, er sei es selbst, weil ich ihn nach der Schule beim Zigarettenkaufen erwischte, doch dann zeigte mir Roland mit einem seltsam verklärten Grinsen einen Zettel, eine Art Vollmacht des Vaters, mit der Roland ihm Zigaretten bringen sollte. Roland berührt mit seiner Nase fast meine Wange, und dabei grinst er genauso dämlich wie damals, als er mir den Zettel hinhielt. Anna hört auf zu tanzen, ich stehe still. Roland ruft, dass er hungrig sei, und ob wir einen guten Döner in der Nähe kennen würden. Ich will ihn fragen, wie das zusammengeht, *gut* und *Döner*, aber ich sehe, dass Annas Augen zur Seite huschen. In Zehlendorf gebe es einen Nachtimbiss, sagt sie zu mir, da hätten sie wunderbaren Kaffee, und ich verstehe noch »Jacken holen« und »Taxi«, und nachdem Anna zu Ende gesprochen hat, schaut sie mich an.

Ich beuge mich zu ihr. Roland muss weg. »Kaffee«, lächle ich. »Gern.«

14

Eigentlich sollte der morgen nüchtern bleiben und nicht ich«, sagt Paul, als wir ihm auf dem Steinweg entgegenkommen.

Ich justiere meine Umhängetasche über der Schulter und versuche zu erkennen, ob Marie und Linda mit Benny in das Taxi gestiegen sind, das vorn auf der Straße losfährt, doch es ist zu dunkel.

Er habe Bennys Vater versprechen müssen, keinen Alkohol zu trinken, erzählt Paul, bis die Jacht sicher zurück im Hafen sei, und okay, er werde sich schon daran halten. »Aber Benny reißt sich morgen besser zusammen. Zieht der noch mal so was ab, kann er uns vom Steg aus zuwinken, wenn wir ablegen.« Paul ignoriert Roland, der fragt, ob wir wirklich mit der Jacht fahren würden, und richtet seinen Blick stattdessen auf mich. »Warum hast du mir denn nicht Bescheid gesagt?«

Ich ziehe an dem Lederriemen meiner Tasche, der sich irgendwie verstellt hat.

»Wenn du Benny aus den Augen verlierst, okay. Aber dann kannst du nicht einfach abhauen.«

Langsam finde ich den richtigen Umfang. »Was ist denn passiert?«, frage ich, und nachdem Paul von der Sauna erzählt hat, liegt der Riemen angenehm auf, und ich sage, dass ich dachte, Benny sei vom Gästezimmer wieder nach unten gegangen. »Außerdem wollte ich dich nicht stören«, erkläre ich. »Hat sich so angehört, als wärst du beschäftigt.«

Paul schafft es noch kurz, ernst zu bleiben. »War ich auch«, erwidert er und muss dann grinsen. Er habe nur eine kleine Pause machen wollen, auf dem Weg ins Bad aber das Licht im Wellnessbereich gesehen. »Egal«, sagt er, schlägt mit mir ein und gibt Anna ein Wangenküsschen. »Bis morgen.«

Morgen werde es richtig aufregend, sagt Roland, während wir auf unser Taxi warten. Auf den Tanzkurs würden sich Pia und er schon lange freuen. Schon seit der Elternausschuss sein Okay dafür gegeben habe, dass sie den Kurs leiten dürfen. Sie würden in den nächsten Wochen alle Tänze für den Abiball abdecken, zunächst komme Salsa dran. Der Wiegeschritt sei das Grundelement des Salsa und leite gleichzeitig zum Walzer über, den zweiten Tanz für morgen. Ich will Roland korrigieren, ich will ihm sagen, dass es die Salsa heißt, und dass der Wiegeschritt nichts darin verloren hat, doch Roland hört gar nicht mehr auf zu reden.

»Es wird jedenfalls eine tolle erste Stunde. Und abends fahren wir dann mit der Jacht.«

Das Taxi biegt ein und rollt zu uns vor.

»Hast du denn eine Einladung?«, frage ich Roland, als ich die hintere Tür für Anna öffne.

»Klar«, erwidert Roland, während Anna einsteigt, läuft um das Taxi herum, und ich unterdrücke nur knapp den Impuls, Anna auf die andere Seite der Rückbank zu schieben, damit der Platz besetzt ist. Rolands Milchgesicht taucht ab, und ich bemühe mich, die Tür so sanft wie möglich zu schließen.

»Um mit der Jacht zu fahren«, erkläre ich, nachdem ich mich auf den Beifahrersitz gesetzt habe, »reicht die Einladung zur Party nicht aus.« Ich drehe mich nach hinten. »Anna«, sage ich. »Wie heißt die Gruppe, in der man Mitglied sein muss?«

Wir brauchen nur wenige Minuten bis nach Zehlendorf, wo Anna unser Taxi zu einem Nachtimbiss führt, der *Tabak, Getränke und Snacks* verkauft. Ich reiche dem Taxifahrer einen Zehner, damit er hier wartet, und wir steigen aus. In dem Imbiss sind zwei Stehtische aufgestellt, dahinter befindet sich die Theke, in der ein paar Sandwiches, belegte Brötchen und etwas Gebäck drapiert sind. In dem angrenzenden Raum gibt es noch mal zwei normale Tische zum Sitzen.

»Bitte schön«, sagt jemand, als wir über die knarzenden Dielen gehen und uns vor die Theke stellen.

Der Typ sieht genauso aus, wie es sein türkischer Akzent vermuten lässt. Mit ein paar Deutschstunden mehr würde er vielleicht die Dosierungsanleitung auf dem Haargel verstehen, so hat sein Schädel einen ziemlich üblen Fettglanz. Und er könnte sich von den Trainern im Fitnessstudio erklären lassen, wie man eine Langhantel zur Brust führt. Zwar drückt er bestimmt hundertfünfzig Kilo, allerdings wirkt der linke Muskel unter dem hautengen Longsleeve viel kantiger als der rechte, so, als würde er die Hantel immer etwas schräg halten. Zum Formausgleich würde ich an seiner Stelle das Schrägbankdrücken durch den Kabelzugbutterfly ersetzen. Ich bestelle ein Croissant, und der Typ verzieht keine Miene beim Bedienen. Manchmal glaube ich, dass sich die Migranten das Leben mit ihrer negativen Grundeinstellung selbst unnötig erschweren.

Er habe mit Liegestützen angefangen und heute ein paar Hanteln bestellt, damit er auch für den Bizeps etwas machen könne. Roland stellt einen Teller mit einem Schnitzelbrötchen ab und setzt sich neben mich. Proteine seien sehr wichtig, erklärt er, als hätte ich keine Ahnung, als würde *ich* aussehen wie ein an Muskelschwund Krankender.

»Wir können ja mal zusammen üben«, sagt Roland, und ich atme durch.

»Üben«, wiederhole ich. Ich lasse das Wort im Raum stehen.

Das Geräusch von mahlenden Bohnen ist zu hören. Kurz darauf kommt Anna mit einem Cappuccino an den Tisch. Ich frage mich, was in Roland vorgeht. Wie kann jemand so ein dilettantisches Körperbewusstsein haben? Es mag wohl an Rolands Vater liegen, der ihn kaum nach draußen ließ. Als ich ihn nach dem ersten Schultag beim Zigarettenkaufen erwischte und er mir die Vollmacht seines Vaters zeigte, fragte er mich, ob ich nachher nicht mit zu ihm wolle. Er habe gerade eine neue Map für Unreal Tournament 2 entworfen, und wir könnten sie gemeinsam ausprobieren. Unreal Tournament 2 verwendete damals eine neue Grafik-Engine, und obwohl ich selten Shooter spielte, hatte mich die Demo mit ihren Animationen beeindruckt. Wenn eine Figur etwa mit einem Headshot erledigt wurde, sackte sie zusammen, und es war nicht der explodierende Kopf oder das spritzende Blut, das mich beeindruckte, sondern der tote Körper, der so realistisch auf dem Boden aufprallte, ähnlich dem Ball, der in guten Tennisgames im richtigen Winkel wieder vom Court hochsprang. Ich sagte jedenfalls zu, ohne weiter nachzudenken, und wenig später saß ich in Rolands Zimmer, eingehüllt vom Computersmog, und weil auch noch der Zigarettenrauch seines

Vaters unter der Tür hereinkroch, hielt ich es bald nicht mehr aus. Wir müssten uns dann wohl verabschieden, sagte Roland, denn es sei gleich sechs, und nach sechs dürfe er nicht mehr nach draußen. Dabei hätte sein Vater das gar nicht bemerkt. Er war gerade heimgekommen und sofort auf dem Sofa im Wohnzimmer eingeschlafen. Eine angezündete Zigarette qualmte noch auf dem Sofatisch. Sie lag in einem Aschenbecher neben der Dienstwaffe, und womöglich war das für Roland so eine Art symbolische Mahnung, obwohl die Waffe in einem Holster steckte, dessen hellbraunes Leder so abgewetzt aussah, dass sie eher den Anschein eines alten Spielzeugs hatte. Roland traute sich nicht am Vater vorbei, und sein Umzug zur Mutter ein paar Tage darauf kam zu spät. Wer früh den eigenen Körper vernachlässigt, hat keine Chance mehr, ein angemessenes Bewusstsein für ihn zu entwickeln.

»Du begehst einen Fehler, Roland«, sage ich. »Bizeps und Brust trainierst du niemals isoliert.«

Anna erwidert meinen Blick mit einem Lächeln.

»Leute, die das tun, Roland, sehen aus wie Strichmännchen.« Ich berühre seinen Oberarm, erst leicht, dann immer fester. »Wie Strichmännchen mit grotesken Beulen.«

Roland versucht zu lachen. Ein guter Übungsplan würde sich mit der Zeit sicher noch einstellen, das mit der Ernährung habe er jedenfalls schon mal herausgefunden. Er hebt das Schnitzelbrötchen in die Luft. Jetzt sollten wir aber essen, damit wir gleich noch mal zurückkönnten.

Anna nimmt einen Schluck von ihrem Cappuccino. »Ich glaube, ich fahre nach Hause«, sagt sie, und ich nicke.

Nachdem Anna ausgetrunken hat, entschuldigt sie sich ins Bad, und ich stehe auf, um noch vor Roland zu zahlen, der sich gerade den letzten Bissen in den Mund stopft.

»Das Croissant und den Cappuccino«, sage ich, und der Typ fängt an zu rechnen.

Roland kommt kauend zur Theke, holt ein paar Münzen aus seinem Portemonnaie und legt sie auf die Geldablage, was den Typen durcheinanderbringt.

»Moment«, sagt er. »Schnitzelbrötschen zwei fünfzisch.« Er zählt die Münzen und gibt Roland ein knappes »Okay«, bevor der sich ohne Zögern abwendet und den Imbiss verlässt, und ich sehe, wie er draußen auf das Taxi zuläuft und erneut hinten einsteigt, ohne dass ich irgendetwas dagegen tun kann.

»So«, wendet sich der Typ endlich mir zu. »Macht drei achtzisch.«

Ich reiche ihm einen Fünfer und nehme zwei Eincentmünzen aus meinem Portemonnaie, während er das Rückgeld zusammenzählt. Doch als er es mir gibt, kommt Anna aus dem Bad, und ich lasse die Eincentmünzen wieder in mein Portemonnaie gleiten. Stattdessen lege ich das Zwanzigcentstück vom Wechselgeld auf die Ablage.

»Schönes Wochenende«, presse ich hervor und folge Anna aus dem Imbiss.

»Ich geh schon«, sage ich mit Blick auf Roland, öffne Anna diesmal die Beifahrertür und setze mich dann selbst nach hinten, indem ich zunächst meine Umhängetasche zwischen mir und Roland plaziere, der plötzlich doch nicht mehr zu Paul will.

Als Anna fragt, ob wir noch bei der Villa halten sollen, guckt er mich mit großen Augen an. Wie ein Geschwür klebt Roland an mir, das ständig wiederkehrt, egal wie aggressiv man es bestrahlt. Ich hätte damals nicht so ungeduldig sein dürfen. Nach dem Besuch bei Roland hielt ich mich von ihm fern und versuchte stattdessen, einige Male mit Paul zu sprechen. Er war größer und durch den Schwimmunterricht voluminöser als die meisten Neuntklässler, und er schien den Großteil unserer Klasse bereits aus der Grundschule zu kennen, da er mit nahezu allen Leuten lockere Gespräche führte. Jedenfalls stand Roland am Ende der ersten Woche im Klassenraum neben Frau Jaresch und fragte, ob ihm jemand helfen könne, seine Sachen vom Vater zur Mutter zu bringen. In der folgenden Stille schaute ich zum Fenster, als hätte ich draußen irgendetwas gesehen, das mich ablenkte, und da bemerkte ich, wie sich Paul in der Fensterreihe zurücklehnte. Ein oder zwei Jungs würden sicher reichen, sagte Frau Jaresch, und Paul war im Begriff, sich zu melden, und bevor jemand anders den zweiten Platz besetzte, hob ich meinen Arm. Ich hörte Frau Jaresch meinen Namen sagen, sah Rolands dankbaren Gesichtsausdruck und wartete darauf, dass Frau Jaresch auch Paul aufzählte, doch alles, was sie sagte, war: »Es ist okay, Leo, du kannst deinen Arm jetzt runternehmen.«

Wie festgefroren ragte er hoch, und es dauerte viel zu lang, bis ich glaubte, ihn senken zu können, ohne dass es wie eine Fluchtbewegung aussah. Ich weiß nicht, weshalb ich nicht einfach auf mein Charisma vertraute. Die Verbindung zu Paul und dem Rest der Klasse ergab sich zwangsläufig auf der Kennlernfahrt. Die Idee, vor der Fahrt über den Umzug eine Basis zu Paul aufzubauen, war von vornherein unnötig, und nachdem sich Paul nicht einmal gemeldet hatte, fand ich mich ganz allein mit Roland, seiner Mutter und deren Schwester vor dem Haus des Vaters wieder. Ich hatte noch überlegt, mir eine Ausrede einfallen zu lassen, aber die ganze Klasse hatte meinen erhobenen Arm gesehen, und sicher hätte Roland irgendwem von meiner Absage erzählt, sei es nur, um sich irgendwie ins

Gespräch zu bringen, und nach kurzer Zeit hätten es alle gewusst, und ein prägnanter erster Eindruck von mir wäre der eines kleinen Jungen gewesen, der nicht weiß, was er will. Ich hätte dennoch absagen sollen.

Wahrscheinlich, sagt Roland, sei das richtig, und es würde sich bei Paul doch nicht mehr lohnen. Anna gibt dem Taxifahrer ihre Adresse, wir fahren los, und mit dem Motor startet auch Rolands Redeschwall von neuem, als wolle er die letzten Minuten unserer Anwesenheit noch einmal voll ausschöpfen. Nach dem Zweiten Weltkrieg durften die Bewohner von Kleinmachnow wählen, ob der Ort zur DDR oder zur BRD gehören sollte, erzählt er. Die Kleinmachnower entschieden sich für die DDR. Der Grund dafür sei die Hundesteuer gewesen, die sie im Westen hätten zahlen müssen.

»In der DDR«, lacht Roland und zeigt auf das Ortseingangsschild, »gab es so etwas nicht.«

Ich frage ihn, was er daran so witzig findet, dass sich eine ganze Stadt hat verführen lassen. Dann erinnere ich an die Ethikarbeit, die wir zu Beginn des Jahres geschrieben haben. Es ging um eine fiktive Situation, in der sich eine Gruppe von Menschen für eines der beiden Systeme entscheiden muss. »Stellen Sie sich ein Streitgespräch unter den Mitgliedern vor!«, lautete die Aufgabenstellung. Ja, sagt Anna müde, Frau Bücher habe ihr eine Zwei gegeben.

Bevor Roland von seiner Note erzählen kann, erkläre ich, dass ich die Mitglieder ein paar Argumente vortragen ließ. »Am Ende habe ich mich aber selbst in den Text eingebracht.«

Anna neigt ihren Kopf zur Seite.

»Als Wortführer«, sage ich, »um an die Gruppe zu appellieren.«

Ihr Kopf vibriert ganz leicht.

»Die Hundesteuer hätte ich gut als Beispiel nehmen können.«

Und dann fahren wir in eine Kurve, und Anna zuckt hoch.

»Die Leute wollten es einfach nur bequem haben«, füge ich noch hinzu, aber Anna hat von meiner Textstrategie nichts mitbekommen.

Nur Roland nickt drei, vier Mal, als wolle er meine Geschichte sofort aufgreifen und weitererzählen, und da fällt mir der kleine Punkt auf, der dunkel auf seiner blassen Nase schimmert. Ich überlege, was Roland vorhin gegessen hat und ob das vielleicht nur ein Rest Soße ist, denn wenn nicht, hat er ein Problem. Der Punkt hat eine verdammt ungesunde Farbe, und Rolands schwächliche Haut wird einer Laserbehandlung keinesfalls standhalten.

»Was ist denn der bequemste Weg in die Jacht-Gruppe?«, fragt Roland.

Anna reagiert nicht, wahrscheinlich ist sie erneut eingeschlafen, und ich löse mich von dem dunklen Punkt auf Rolands Nase, Zentimeter um Zentimeter, doch es ist, als würde er mich verfolgen, als würde er sich in mein Sichtfeld brennen. Und obwohl ich bereits an Roland vorbeigucke, ist der Fleck noch da, und um den Fleck herum bildet sich ein Gesicht, mein Gesicht, das sich im Fenster spiegelt. Der Fleck ist genau auf meiner Nase, dort wo Roland ihn hatte, und je länger ich hingucke, desto blasser wird meine Haut, wie in einer Fotosoftware, in der jemand den Farbregler unaufhaltsam in Richtung Schwarzweiß schiebt, und ich kriege das Gefühl, dass ich überhaupt nicht weiß, wie man in die Jacht-Gruppe kommt, weil mich niemand eingeladen hat, und ich taste in meiner Tür nach dem Fensterheber, drücke einen Knopf, und als mir frische Luft in den Nacken zieht, löst sich das Bild langsam wieder auf, und der echte Roland sitzt vor mir, und er hat diesen miesen Punkt auf der Nase, nicht ich.

Ich halte mein Gesicht in den Fahrtwind.

Der Floor im Clubhaus wird genauso voll sein wie heute bei Paul. Roland und all die anderen Leute werden am Ufer bleiben müssen, weil sie nicht in der Gruppe sind, in der Gruppe, zu der ich gehöre. Nur dass ich im Moment der Abfahrt auf der Premiere meines Vaters sein werde, die ganze Party wird ohne mich stattfinden.

»Anna?«, sage ich, und da wacht sie auf.

Die Dämmerung reizt meine Augen, und ich spüre meine Lider schwer werden, während wir über die Kleinmachnower Kreuzung in Richtung Edekamarkt fahren. Auf halber Strecke biegen wir in die Grashüpfersiedlung. Das Taxi hält in einer Spielstraße vor einem Carport, und als Anna ihre Handtasche aufschnallt, bin ich hellwach. Ich hole mein Portemonnaie aus der Innentasche meines Jacketts und ziehe einen Zwanziger heraus. Der Fahrer deutet auf das Taxometer. Einundzwanzig neunzig steht dort.

»Schon okay«, sage ich. »Es steigen nicht alle aus.« Ich halte Roland das Geld hin.

Roland schaut fragend zurück, bis die Spannung aus seinem Gesicht weicht, als hätte er einen Witz erst Sekunden nach allen anderen verstanden. So ein kleiner Absacker, sagt er, während er sein Portemonnaie ebenfalls herausholt, sei eine gute Idee. Er hätte schon gedacht, die Party wäre zu Ende. Roland kramt im Münzfach nach ein paar Euro und reicht sie mir. Ich starre auf die Hände zwischen uns, auf meinen Zwanziger, auf Rolands Münzen. Anna steigt aus.

»Nimm«, sage ich und drücke Roland den Schein in die Hand.

Als er ihn zusammen mit den Münzen nach vorn reicht, lange ich dazwischen.

»Wollen Sie jetzt noch weiter oder nicht?«, fragt der Taxifahrer.

»Drosselweg 24«, sage ich, ohne den Blick von Roland zu nehmen. »Komm gut nach Hause.« Ich streife meine Umhängetasche über, öffne die Tür und schiebe mich langsam nach draußen.

Roland rührt sich nicht.

15

Ich laufe über den mediterranen Steinweg, der von zwei Fliederbüschen zu beiden Seiten gerahmt wird, und stelle mich hinter Anna. Zwei, drei Sekunden lang guckt sie mich an, bevor ihre Augen zur Seite huschen und sie vorgeht. Im Flur zieht sie die Schiebetür eines Wandschranks auf und sucht nach einem freien Bügel für ihr Jäckchen. Als sie einen Platz gefunden hat, hält sie inne. Sie riecht an dem Stoff und verzieht das Gesicht.

»Rauch«, sagt sie mit gespieltem Ekel, öffnet eine Tür auf der anderen Seite des Flurs und hängt ihr Jäckchen an einen Haken, der über der Waschmaschine befestigt ist.

Dann folge ich Anna ins Wohnzimmer. Die terrakottafarbenen Fliesen harmonieren mit der weich strukturierten, beige angehauchten Tapete. Über eine Wand zieht sich ein dunkelbraunes, verziertes Regal, in dessen Mitte ein Flatscreenfernseher steht. In den kleineren Fächern darüber befinden sich ein paar Bücher, einige Whiskeyflaschen und -gläser und ein langes Holzetui für Zigarren. Ob ich etwas Wasser trinken wolle, fragt Anna aus der Küche, die vom Wohnzimmer nur symbolisch durch den Esstisch abgegrenzt wird. Der Esstisch würde mit seinen dezent geschwungenen Beinen gut zum Empire meiner Mutter passen.

»Ja, bitte«, sage ich.

Mein Blick fällt auf das Sofa gegenüber dem Fernseher, doch ich zwinge mich, stehen zu bleiben. Über dem Sofa hängen Gemälde verschiedener Maße. Im Zentrum ein Porträt mit schwarzem Hintergrund. Ich glaube, es handelt sich um eine Frau, die ein weißes Kopftuch trägt, aber das Kopftuch sieht aus wie eine Glatze. Die Lippen der Frau liegen schmal aufeinander. Das Kinn hat sie leicht vorgeschoben, als fordere sie ein, was ihr zusteht. Doch was das ist, kann man nicht erkennen. Ihr Blick wirkt leer, weil die Augen so dunkel sind wie der Hintergrund.

Anna schrickt auf. Ich drehe mich um. In der Küche steht eine kleine schwarze Gestalt, direkt vor ihr.

Einen Moment lang bewegt sich niemand, dann sagt Anna: »Nico, du solltest im Bett sein.«

Ich gehe langsam über die Fliesen. Irgendetwas an Nico irritiert mich.

»Wolltest du was trinken?«, fragt Anna.

Nico nickt. Er trägt ein viel zu langes schwarzes Shirt, aber das ist es nicht. Ich komme in die Küche. Ich mustere ihn, und dann muss ich grinsen. Ohne seine riesigen Kopfhörer, die er jeden Morgen auf dem Weg zur John F. Kennedy School trägt, hat sein Kopf vielleicht die Größe eines Handballs. Anna reicht erst ihm und dann mir ein Glas Wasser. Von einem Bruder wusste ich, allerdings nicht, dass es sich dabei um eine Adoption handelt.

»You go to John F. Kennedy, right?«, sage ich.

Der Kleine guckt mich an.

»I'm Leo, nice to meet you.«

Im Augenwinkel sehe ich das Lächeln auf Annas Lippen. Ich halte Nico meine Hand entgegen. Einige Sekunden vergehen. »Very nice to meet you«, wiederhole ich, doch er steht nur da und starrt mich an.

Und dann denke ich, dass Anna und ihre Eltern dem Kleinen noch eine Menge beizubringen haben, und nehme mir vor, Anna auch auf sein Verhalten mit den Kopfhörern hinzuweisen. Ich ziehe meine Hand zurück. Ich trinke einen Schluck Wasser. Ich könnte eine Line vertragen, aber ich muss an Benny denken, die Schweißperlen auf seiner Stirn, den zusammengeknüllten Zwanziger zwischen seinen Lippen. Benny hat alles verschüttet. Annas Lächeln verschwindet.

»Philip«, sagt sie, und plötzlich steht neben dem schwarzen Nico ein weißer Junge in einem seidenblauen Pyjama. »Philip, ihr sollt ins Bett«, sagt Anna. »Oh Gott, wie spät ist es?«

Philip geht an uns vorbei, öffnet den Kühlschrank und greift nach einer Flasche Cola.

»Philip«, stöhnt Anna.

»Und du sollst nicht so spät nach Hause kommen«, erwidert Philip. »Das erzähl ich Papa.«

Anna zuckt die Achseln. »Ich zieh sowieso bald aus«, murmelt sie.

Philip wendet sich an Nico. »Dann krieg ich das Dachgeschoss«, flüstert er. »Los«, aber Nico bleibt stehen.

Er schaut mich an. Er wiegt den Kopf hin und her. Schließlich fragt er in gebrochenem Englisch: »Are you from America?«

Anna geht zwischen uns hindurch aus der Küche. Ich schaue den Kleinen keine Sekunde länger an und folge ihr. Vom Flur nehmen wir eine schmale Treppe nach oben. Philip und Nico tuscheln hinter uns.

»America«, höre ich sie kichern.

Nach ein paar Stufen dreht sich Anna um und zischt: »Scht!«

Philip äfft Anna nach. »Wer zuerst oben ist«, flüstert er dann.

Auf der Hälfte der Treppe schiebt sich Nico an mir vorbei. Philip versucht, mich ebenfalls zu überholen. Er drückt meine Umhängetasche zur Seite, und dabei schnürt sich der Riemen in meine Schulter, und da stoße ich Philip zurück. Philip lässt von mir ab, doch Nico hat noch nicht genug und will sich auch noch an Anna vorbeiquetschen. Ich setze mit schnellen Schritten nach und packe ihn am Kragen seines Shirts.

»Aua!«, schreit er.

»Scht«, zischt Anna erneut.

Nico windet sich. »Lass mich!«

Ich packe ihn noch fester. Ich beuge mich zu ihm runter. »Du wartest bis zum Schluss«, flüstere ich. »Hast du mich verstanden?«

Am unteren Ende der Treppe fängt Philip an zu weinen. Jetzt erst sehe ich, dass er gefallen ist. Aber er scheint sich nichts getan zu haben, denn er springt auf und stürmt die Treppe nach oben.

»Lass ihn los!«, schreit er.

»Hör bitte auf«, sagt Anna.

Als Philip uns erreicht, stellt sie sich ihm in den Weg. Eine Tür öffnet sich. Ich löse meinen Griff.

Annas Vater tritt auf den Flur. Auch er trägt einen seidenblauen Pyjama. Neben ihm erscheint ihre Mutter in einem weißen Nachthemd. Philip gibt sich keine Mühe zu widersprechen. Stumm laufen er und Nico in sein Zimmer. Dann wendet sich der Vater an Anna.

Hinter ihm sehe ich schwere mandelfarbene Vorhänge. Neben dem Ehebett steht ein Nachttisch mit einer Marmorplatte. Auf der Marmorplatte ist eine kleine gusseiserne Lampe angeknipst. Mattes Licht fällt in den Flur, auf die Treppe, die ins Dachgeschoss führt, doch wir gehen nach unten.

Annas Vater setzt sich an den Esstisch. Ihre Mutter verschwindet in der Küche und kommt mit einer Flasche St. Pellegrino und drei Gläsern zurück. Wortlos nimmt Anna Platz. Ich betrachte den letzten freien Stuhl, bleibe aber kurz hinter der Wohnzimmertür stehen.

»Wie soll das eigentlich weitergehen?«, sagt Annas Vater. »Es ist sechs, Anna.«

Ich schaue auf meine Tissot. Ich halte mein Handgelenk etwas weiter weg, bis sich das Ziffernblatt scharf stellt. Annas Vater hat recht, und ich denke, dass uns ihre Eltern nicht mehr allzu lang aufhalten sollten, schließlich habe ich morgen noch ein Vorsprechen. Anna erwidert, dass niemand ohne Nico und Philip wach geworden wäre. Die beiden seien total aufgedreht gewesen. Anna benötigt ein paar Anläufe, bis sie »aufgedreht« herausbekommt, aber es stimmt, und deshalb nicke ich entschieden.

Ihre Mutter schüttelt den Kopf. Vielleicht sei es besser, später darüber zu sprechen. Sie schaut ihren Mann an. »Das bringt ja jetzt nichts«, doch der geht nicht auf sie ein.

Seit einigen Sekunden fixiert er mich, und als Annas Mutter seinem Blick folgt, fragt er mich nach meinem Namen. Ich gehe einen Schritt auf ihn zu und will ihm meine Hand reichen, aber aus irgendeinem Grund halte ich inne. Ich konzentriere mich auf meine Aussprache.

»Leonard«, sage ich und füge nach einer kurzen Pause den Nachnamen hinzu. »Baalberg« lässt die Eltern aufhorchen, und ich bestätige, dass ich der Sohn von Christopher Baalberg, dem Schauspieler, sei.

»Schön, Leonard«, sagt Annas Vater.

Er steht auf und geht an mir vorbei. Ich weiß nicht, ob der muffige Geruch von seinem Körper ausströmt oder ob er im Stoff seines Pyjamas hängt, den Annas Mutter vielleicht etwas zu spät in den Trockner gelegt hat.

»Grüß doch deinen Vater von uns«, fährt er fort, und dann öffnet er die Wohnzimmertür und lächelt mich an, und in dem Moment bereue ich es, mich als den Sohn meines Vaters vorgestellt zu haben.

Ich blicke Anna an und presse die Lippen aufeinander. Das war's. Anna schaut kurz zurück, bevor sie sich unter ihrem Pony versteckt. Nachdem ich der Mutter zugenickt habe, wende ich mich an den Vater. Ich bleibe direkt vor ihm stehen. Ich atme durch.

»Sehr gern«, erwidere ich. »Ich sehe ihn morgen auf seiner Premiere. Dann richte ich die Grüße aus.«

16

Meine Vorhänge leuchten, als hätte jemand von außen ein Spotlight auf das Fenster gerichtet. »Go ahead, envy me, I'm rap's MVP«, rappt The Game, und je länger ich dem Track zuhöre, je länger ich dabei die Vorhänge betrachte, desto stärker wird der Druck hinter meinen Schläfen. Als ich mich aufrichte, versuche ich mir in Erinnerung zu rufen, ob ich vor dem Schlafengehen noch ein Aspirin genommen habe. Da fällt mir auf, dass ich meine Tissot am Handgelenk trage. Ich weiß nicht, wie ich vergessen konnte, sie abzunehmen. Immerhin habe ich mir noch einen Wecker gestellt. »Hate it or love, the underdog's on top. And I'm gon' shine homie until my heart stop.« Ich warte, bis 50 Cent seinen Part beendet, dann fahre ich mit dem Finger über mein iPhone. Es ist zwölf Uhr fünfzig.

Ich steige aus meinem Bett und bleibe stehen, bis ich das Schwindelgefühl im Griff habe. Aus der Schublade meines Nachttisches hole ich die Aspirinpackung, drücke zwei Tabletten in meine Handfläche und schaue mich nach dem Wasser um. Normalerweise steht es neben dem Bett. Aber diesmal entdecke ich es auf meinem Schreibtisch vor dem Notebook, das noch geöffnet ist. Ich werfe die Aspirin ein und berühre das Touchpad. Mit einem kurzen Summen fährt das Notebook aus dem Ruhestand hoch, auf dem Screen erscheint die Mitgliederliste der *Jacht Trip*-Gruppe, und ich spüre, wie sich meine Lippen zu einem Grinsen formen. *Von Leo Baalberg vor 6 Stunden hinzugefügt* steht unter dem Milchgesicht, und ich wünschte, ich könnte auf der Premiere meines Vaters einen Livestream zur Jacht schalten, wenn Benny den Leuten erklärt, nur wer auf Facebook eingeladen sei, dürfe mitfahren, und daraufhin springt Roland an Deck, so schnell, dass Paul und Benny gar nicht reagieren können.

Ich klicke den Tab an, der neben Facebook geöffnet ist, und der *Jacht Trip* wird durch eine Blondine abgelöst, deren tränende Augen aussehen, als würden sie leicht hervortreten. Von den Lidrändern läuft der Kleinen Schminke bis über die Wangen. In ihren Mundwinkeln hängen Speichelfäden. Den Penis von dem Typen, der seine Hände so stark an ihren Hinterkopf presst, dass man meinen könnte, die Adern auf seinen Unterarmen würden jeden Moment platzen, hat sie komplett geschluckt. Ich fahre mit dem Cursor den linken Speichelfaden entlang, hoch zum Play-Icon, das die Nase der Kleinen verdeckt, und spiele das Video ab. Ich lausche den Würgegeräuschen, die sie macht, und dem anschließenden Hecheln, als der Typ ihren Kopf wegzieht, damit sie Luft holen kann. Kurz vor Ende des Videos presst er sie so lange gegen sich, bis sie rot anläuft und mit den Armen versucht, ihn wegzudrücken. Nachdem er sie losgelassen hat, schaut sie hoch, wischt sich mit dem Handrücken über den Mund und sagt mit leiser, unsicherer Stimme: »I can't breathe.«

Meine Mutter steht mit einem Bein auf dem Parkett. Das rechte streckt sie nach hinten, den Oberkörper beugt sie dabei waagerecht zum Boden. Dunkle Schweißflecken ziehen sich über ihr enganliegendes Joggingoutfit, das im Bauchbereich gefährlich spannt, als sie das nach hinten gestreckte Bein anwinkelt. Mit der rechten Hand umfasst sie den Knöchel, den linken Arm richtet sie in Verlängerung ihres Oberkörpers nach vorn aus: »Guten Morgen.«

»Morgen«, murmle ich, hole Milch aus dem Kühlschrank und fülle sie in den Elektroschäumer neben unserem Herd.

Während die Milch aufgeschlagen wird, gehe ich zum Esstisch im Erker des Wohnzimmers und greife nach der Cappuccinotasse, die sich zusammen mit Teller und Besteck, einem Glas Wasser und einer Kiwi an meinem Platz befindet. Der mit einem Tuch abgedeckte Brötchenkorb und eine Platte mit Belag stehen in der Mitte des Tisches. Wegen der Hitze habe sie drinnen für mich gedeckt, erklärt meine Mutter, ich solle mich aber auf die Terrasse setzen, es sei ein herrlicher Tag. Als ich die Cappuccinotasse unter unsere La Pavoni stelle, setzt meine Mutter ihr rechtes Bein ab und verlagert das Gewicht, so dass sie die Übung spiegelverkehrt ausführen kann. Sie fragt, wann ich gestern zu Hause gewesen sei.

Ich zucke mit den Schultern und sage: »Spät.«

Meine Mutter streckt sich nach vorn, doch auf dem rechten Bein gelingt es ihr nicht ganz, den Oberkörper in die Waagerechte zu bringen. Ihr rechter Arm zeigt etwas nach oben. Ich hole die silberne Espressodose aus unserer Vitrine und fülle das Sieb der La Pavoni mit einem dreiviertel Kaffeelöffel. Nachdem der Espresso durchgelaufen ist, gebe ich den cremigen Milchschaum dazu und setze mich auf den Gründerzeitstuhl am Esstisch.

»War's schön gestern?« Meine Mutter schließt die Übung ab und setzt zu Tippelschritten an, um sich mit seitlich ausgestreckten Armen im Kreis zu drehen.

Ich nehme die gelbe Vitamin-C-Kapsel von meinem Teller und spüle sie mit einem Schluck Wasser herunter. »War sehr nett«, sage ich.

Das Brötchen, das ich aufschneide, dampft zwar nicht mehr, aber es ist noch warm genug, dass die Rapsbutter aufschmilzt. Meine Mutter dreht sich immer schneller im Kreis, dabei entsteht ein von saurem Schweiß durchzogener Luftzug, bis sie plötzlich stehen bleibt. Ich belege das Brötchen mit Putenbrust und schmiere Frischkäse und Marmelade auf ein weiteres. Mein Vater sei wie üblich vor einer Premiere allein in der Stadt unterwegs. Meine Mutter streckt jetzt den Rücken durch, schließt ihre Handflächen über dem Kopf zusammen und fixiert mich. Sie werde nachher ebenfalls wegfahren, um das Premierengeschenk zu holen. Ich beobachte die Schweißperlen in ihrem Gesicht. In einer Stunde würde sie gern los, damit sie mich noch bei Frau Panzner absetzen könne. Ein paar Perlen gleiten ihr über die Stirn und die Nase. Nur um den Rückweg müsse ich mich wirklich selbst kümmern, dafür sei ihr Zeitplan einfach zu straff. Unter dem rechten Auge löst der Schweiß etwas Schminke. Eine kaum sichtbare schwarze Spur bildet sich, und dann höre ich Würgegeräusche, und zwei muskulöse Unterarme mit dicken Adern kommen ins Bild, und als die Kamera hochschwenkt, schließe ich die Augen. Drei, vier Sekunden, bevor ich sie wieder öffne.

»Ich glaube«, sage ich, »ich setz mich doch raus.« Mit dem Teller und meinem Cappuccino stehe ich auf. »Wo wohnt denn Frau Panzner genau?« Die Porzellantasse in meiner Hand zittert.

Meine Mutter streckt ihre Arme aus. »Weidendamm 4. In der Nähe vom Griechen«, sagt sie und setzt erneut zu Tippelschritten an.

Vorsichtig weiche ich ihrer Rotation aus. Dabei halte ich die Tasse so still wie möglich. Und dann erreiche ich die Terrasse und stelle meinen Cappuccino ab, und der Cappuccino ist vollends unversehrt.

Whattup, Paul, schreibe ich und frage, ob er mich um halb vier von meinem Vorsprechen zum Tanzkurs abholen könne. Während ich Frau Panzners Adresse eintippe, nehme ich einen Schluck von dem Cappuccino und überlege, was ich tragen soll. Meine Jeans riecht stark nach Rauch, ebenso wie das perlenzianfarbene Hugo-Boss-Hemd. Obwohl die Kombination zu meinen elegantesten Looks gehört, werde ich darauf verzichten müssen. Um das Hemd und die Hose kann sich meine Mutter kümmern. Das Jackett werde ich selbst in den Hauswirtschaftsraum hängen in der Hoffnung, dass sich der Geruch bis zum Abend neutralisiert. Vielleicht stellt es dann eine Option für die Premiere dar, das wäre wichtig, damit ich mich bei der Auswahl meines Outfits nicht eingeschränkt fühle und genau den richtigen Look finde. Ich scrolle zum Anfang der Adressliste und schicke die SMS ab. Für die Premiere denke ich vor allem noch an den Anzug mit den roten Streifen, die so dünn sind, dass sie einem erst auf den zweiten Blick auffallen. Das Outfit sorgt durchgehend für kleine Überraschungsmomente und gibt so immer wieder Impulse, die die Spannung bis zum Schluss hochhalten. Es ist ein bisschen so, als würde man mehrmals am Abend die Party zum ersten Mal betreten.

Mein iPhone vibriert, und ich denke, dass ich jetzt für das Vorsprechen und den Tanzkurs die richtige Mischung aus Seriosität und Sportlichkeit finden muss. Die SMS ist von Benny. *I ain't Paul,* schreibt er. *But I'm comin for you!*

Frisch geduscht stehe ich vor meinem Kleiderschrank und entscheide mich für ein eher helles Outfit. Ich hole die aliceblaue Straight-Leg-Jeans heraus, die ich zu Weihnachten bekommen habe, dazu das weiße Piqué-Shirt mit den dezenten rostbraunen Streifen. Nachdem ich mich angezogen habe, gehe ich auf den Flur. Meine Mutter steht vor dem Spiegelschrank und richtet eine Haarsträhne. Ob ich fertig sei, fragt sie. Ich sage, dass ich noch kurz Zähne putzen müsse, und meine Mutter erwidert. »Okay, ich warte draußen.«

Während sie sich vom Spiegel abwendet, gehe ich ins Bad. Obwohl ich den Fleck nicht sehen kann, putze ich meinen Schneidezahn einige Sekunden länger als die anderen Zähne. Nach insgesamt sechs Minuten spüle ich den Kopf aus und stelle den Körper zurück auf das Ladegerät. Dann höre ich das Intro von *Game of Thrones*. Ich fahre die obere und die untere Zahnreihe mit der Zunge ab und kontrolliere sie im Spiegel. Die Zwischenräume sind sauber. Nur der Fleck ist, wenn ich genau hinschaue, doch nicht gänzlich verschwunden. Als das Cello einsetzt, gehe ich zur Haustür und stelle die Klingel ab. Meine Mutter steht vor dem Gartentor und schaut demonstrativ auf ihre Uhr.

Sie könne nicht fliegen, sagt sie. »Wenn du pünktlich sein willst, müssen wir los.«

17

Ohne Frau Panzner wäre dein Vater heute nicht dort, wo er ist.« Meine Mutter lenkt den Mini One auf die Kleinmachnower Allee. Am Ende des ersten Studienjahres hätten sie stark an ihm gezweifelt, nur Frau Panzner sei nach wie vor von seinem Talent überzeugt gewesen. Sie habe dafür gesorgt, dass er weiterstudieren darf, und im zweiten Jahr sei ihm schließlich der Durchbruch gelungen. *»Menschenfeind«*, sagt meine Mutter. »Danach war er der Liebling der Dozenten.«

Die Ampel an der Kleinmachnower Kreuzung leuchtet rot, und meine Mutter bremst ab.

Einer von ihnen hätte meinen Vater später auch ans Deutsche Theater geholt.

»Fast wären wir da gemeinsam gelandet, aber das weißt du ja.« Sie erinnere sich jedenfalls noch genau an das Gefühl, als sie erfahren habe, mit mir schwanger zu sein, fügt meine Mutter hinzu. »Mir war gleich klar, dass ich den Vertrag nicht unterschreiben will.« Nachdem sie den Gang rausgenommen hat, schaut sie zu mir rüber. »Du siehst müde aus, Leo.«

Ich klappe die Sonnenblende runter und öffne den Spiegel. Meine Haare liegen relativ glatt. Doch sie sind noch ein kleines bisschen zu feucht, um jetzt schon mit den Händen hindurchzugleiten. Ich würde die Lockenbildung stören, und meine Haare hätten später nur ein aufgeplustertes, strukturloses Volumen.

»Ich brauch noch einen Moment«, erkläre ich.

»Mach dir keine Sorgen«, erwidert meine Mutter. »Es ist ja nur ein erstes Abtasten.«

Die Ampel schaltet auf Grün, und während wir weiterfahren, erzählt meine Mutter, dass sie froh darüber sei, nicht ständig unterwegs zu sein wie mein Vater. Würde sie mehr machen wollen als hin und wieder ein Projekt an einem kleinen Theater, wäre auch sie kaum zu Hause, und das sei es ihr nicht wert.

»Jemand muss doch auf dich aufpassen«, sagt sie und knufft mich mit dem Ellenbogen. »Entschuldige, ich weiß, du bist erwachsen. Ich meine nur, solltest du irgendwann die Möglichkeit bekommen, an eine Schule zu gehen, musst du dir darüber im Klaren sein. Man hat in dem Beruf kaum Zeit für andere Sachen, wenn man es ernst meint.«

Ich antworte: »Ja, natürlich«, und ich warte noch ein bisschen, bis Sokrates und Platon am Ende der Kleinmachnower Allee auftauchen.

Kurz vor ihnen biegen wir in eine kleine Straße, und dann denke ich, dass meine Haare jetzt so weit sind, und gleite einmal mit der rechten Hand hindurch. Vor einem mäßig großen Einfamilienhaus, dessen Backsteinfassade unverkennbar ausbleicht und einen schwächlich sandigen Farbton angenommen hat, lenken wir in eine Parkbucht.

»Da drüben«, sagt meine Mutter, als sie meinen Blick bemerkt, und weist auf die andere Straßenseite. »Grüß Frau Panzner von mir. Und hab Spaß!«

Meine Mutter winkt noch einmal, bevor sie davonfährt. Ich gehe auf das antikweiße Haus zu, das fast doppelt so groß ist wie das gegenüberliegende Einfamilienhaus. Vor dem gusseisernen Gartentor suche ich nach einer Klingel, aber unter dem kleinen Dach, das das Namensschild abschirmt, kann ich nichts dergleichen finden. Ich versuche, das Tor aufzustoßen, doch es klemmt, und ich hole mein iPhone heraus, als ich eine Stimme von irgendwo oben höre. »Das Namensschild!« Jetzt erst entdecke ich den puppenhaften Turm, der halb versteckt hinter einer Eiche die linke Ecke des Hauses abrundet. Im Erdgeschoss bildet er einen Erker, und dadrüber, im zweiten Stock, ist ein Fenster geöffnet, und aus dem Fenster guckt eine Frau mit kurzen grauen Haaren.

»Du musst das Namensschild berühren«, sagt sie lachend.

»Okay«, rufe ich, aber es passiert nichts, ich meine, das Namensschild lässt sich nicht eindrücken oder Ähnliches, und ich will mich schon wieder an den Turm wenden, da sehe ich, dass die goldenen Ränder des Schildes zwei, drei Sekunden lang unter dem kleinen Dach aufleuchten. Es muss sich um eine Art Touchscreen-Klingel handeln, denn drinnen hört man jetzt einen klassischen Glockenton und wenig später das Summen des Gartentors, das sich daraufhin öffnen lässt.

Ihr Mann habe die Klingel installiert, sagt die Frau mit den kurzen grauen Haaren. An ihrer linken Schläfe, das ist mir aus der Ferne gar nicht aufgefallen, schimmert eine einzelne pinke Strähne. »Wer dran scheitert, meint er, hätte sich bei uns sowieso geirrt.« Plötzlich reißt sie hinter ihrer rahmenlosen Brille die Augen auf, als teile sie mir gleich etwas unheimlich Wichtiges mit. »Seitdem landen alle Päckchen immer beim Nachbarn.« Die Augen entspannen sich wieder. »Komm rein.«

»Ich bin Frau Panzner«, sagt sie, »und du bist Leonard.«

Ich nicke, aber ich merke schon, dass da noch etwas folgt, und dann habe ich bereits ihre Hand im Gesicht, als gäbe es nichts so Natürliches, wie mir zur Begrüßung über die Wange zu streichen.

»Das letzte Mal, dass ich dich gesehen habe, da warst du noch so«, sagt sie, nimmt ihre Hand aus meinem Gesicht und hält sie einen guten Meter über den Boden. »Bei den Nibelungenfestspielen in Worms.«

Mit einem angedeuteten Kopfschütteln drücke ich einen Anflug von Enttäuschung aus und sage, dass ich die Zeit leider nur aus Erzählungen kennen würde.

»Dein Vater hatte damals noch genau solche Haare wie du. Er hat sie nur ein bisschen länger getragen. Und natura.« Frau Panzner zwinkert und fügt hinzu, dass ich auch von meiner Mutter einiges abbekommen hätte. Den Mund und vor allem die Augen.

»Schöne Grüße von ihr«, sage ich.

»Danke«, erwidert Frau Panzner. »Wir sehen uns ja heute Abend«, und dann wartet sie, bis ich meine Schuhe ausgezogen habe, und führt mich ins Wohnzimmer. »Kaffee?«, fragt sie und weist auf die Sitzecke im Erker.

Auf dem kleinen glänzend weiß lackierten Holztisch zwischen dem Sofa und den beiden Sesseln steht eine Porzellanschüssel, die mit ein paar Keksen und Gebäck gefüllt ist. Ich sage, dass ich gerade, bevor wir losgefahren seien, einen Cappuccino getrunken hätte und gern ein Glas Wasser nehmen würde, doch Frau Panzner gibt sich mit der Antwort nicht zufrieden.

»Wir haben ganz frischen Vicci-Espresso«, entgegnet sie, »keine Widerrede«, und dreht sich weg.

Ich bin mir nicht sicher, was das für Espresso sein soll, aber immerhin wird sie mir keinen Filterkaffee servieren, und das beruhigt mich, denn Filterkaffee bekäme ich selbst dann nicht runter, wenn es das letzte Getränk auf Erden wäre. Lieber würde ich verdursten, denke ich, und dann taste ich nach meinen Haaren, die ich vielleicht doch einen Tick zu früh aufgelockert habe. Sie fühlen sich in der Tat luftig an, aber keineswegs aufgeplustert, und ich frage mich, was Frau Panzner unter natura versteht, als mir aus dem Nichts ein cremefarbenes flauschiges Tier auf den Schoß springt. Das Tier sieht aus wie eine Plüschkatze, und es guckt mich mit strahlend blauen Augen an, unendlich ruhig, als säße es nicht gerade auf meiner frischen Jeans, und dann legt es seine rechte Vorderpfote auf meinen Bauch, auf mein Piqué-Shirt, das jetzt zu den rostbraunen Streifen sicher noch ein paar rostbraune Flecken dazubekommt. Ich versuche, die Katze dezent von meinem Schoß zu schubsen, so dass sie nicht ruckartig fällt und meint, sich an dem feinen Stoff festkrallen zu müssen, doch alles, was das Tier tut, ist, den Kopf zur Seite zu neigen und mich weiterhin seelenruhig anzuglotzen. Ich beginne fast zu schwitzen, da taucht Frau Panzner mit zwei Cappuccino-Tassen auf.

»Noa«, zischt sie und macht einen energischen, kratzenden Laut mit der Kehle, woraufhin die Katze tatsächlich von mir runterspringt. »Keine Sorge«, sagt Frau Panzner. »Noa ist ein Hauskater. Seine Pfoten sind völlig sauber.«

Frau Panzner nimmt einen Schluck von ihrem Kaffee und lehnt sich zurück. Erst mal, sagt sie, könnten wir über das Studium plaudern, und danach solle ich ihr ruhig schon ein bisschen was zeigen, sofern ich vorbereitet sei. Ich erwidere, dass ich eine Rolle aus dem DS-Unterricht jederzeit parat hätte. Frau Panzner nestelt an dem Kragen ihres grauen Wollpullovers, den sie unter einem schwarzen Jackett trägt.

»DS?«, fragt sie.

»Darstellendes Spiel«, antworte ich. »Im Winter haben wir *Die Glasmenagerie* aufgeführt.«

Frau Panzner hat ihre Hand immer noch am Kragen. »Und wer unterrichtet das?«

Es ist tatsächlich etwas kühl hier drinnen, aber ich kann keinen Ventilator an der Decke oder irgendwo anders sehen. »Unsere Deutschlehrer«, sage ich, und dabei denke ich an diesen verdammt heißen Sommer vor ein paar Jahren, in dem meine Mutter darauf bestand, dass wir eine Klimaanalage in amerikanischem Stil bekommen. »Oh je«, höre ich Frau Panzner, doch für eine sinnvolle Klimaanlage hätte das komplette Heizsystem ausgewechselt werden müssen, und deshalb entschied sich mein Vater nur für den Deckenventilator, der zwar für ein paar angenehme Luftzüge sorgt, einen wirklich heißen Sommer allerdings nicht viel erträglicher macht.

»Dabei gibt es so viele gute Theaterpädagogen, die Arbeit brauchen«, sagt Frau Panzner und nimmt einen weiteren Schluck von ihrem Kaffee. »Na gut.« Und dann erzählt sie, dass mein Vater früher auch in einer Schulgruppe war, bevor er an die Schauspielschule kam. Dort hätten sie ihm erst mal das überkandidelte Sprechen abgewöhnen müssen, lacht sie, aber der Spieltrieb, der sei von Anfang an da gewesen. »Wie auch immer«, fügt sie nach einer Pause hinzu. »Dein Vater soll uns hier nicht interessieren. Es geht ja um dich.«

»*Die Glasmenagerie* also. Was habt ihr da gemacht?«

Ich räuspere mich und rutsche ein Stück nach vorn, bevor ich erzähle, dass wir das Stück ein halbes Jahr geprobt und dann mehrmals aufgeführt hätten. Für die Premiere haben wir extra den Kleinmachnower Bürgersaal gemietet, in den knapp dreihundert Leute passen. »Alle Vorstellungen waren voll. Ich habe Tom gespielt. Tom Wingfield.«

Frau Panzner lächelt, als hätte sie das schon erwartet. »Und dieser Tom, wer ist das?«

Ich erwidere, dass Tom ein Dichter ist, der in einem Lagerhaus arbeitet. »Er kommt kaum zum Schreiben, weil er die Familie ernähren muss.« Ich greife nach dem Cappuccino und nehme einen Schluck. »Das macht ihn ziemlich fertig.« Fast glaube ich Schokolade herauszuschmecken, doch auf dem Milchschaum befindet sich keinerlei Pulver.

»Und was will die Figur, die du spielst?«

Ich setze die Tasse wieder ab. »Tom will den Zuschauern Wahrheiten liefern.«

Frau Panzner zieht die Augenbrauen nach oben, und ich denke, dass sie mich damit prüfen will. Ich weiß, dass man in der Dramatik zwischen oberflächlichen und eigentlichen Wünschen unterscheidet, und ich habe ihr sofort den Kern der Figur genannt, ohne zu ihm hinzuführen.

»Natürlich will er erst einmal aus der Enge der Wohnung entfliehen«, schiebe ich nach. »Aber eigentlich geht es ihm eben um Wahrheit. Das sagt er auch gleich am Anfang.« Ich habe weiterhin den Geschmack von Schokolade im Mund, so dass ich mich noch einmal vergewissere, dass sich kein Pulver auf dem Milchschaum befindet.

»Schmeckt er dir nicht?«, fragt Frau Panzner, und ich sage: »Doch, unbedingt«, und füge hinzu, dass ich Vicci noch gar nicht kennen würde.

»Der Espresso hat diese Kakaonote«, sagt Frau Panzner und erzählt von einem Freund, der den Geschmack für Schokolade hielt. »Ein feiner Unterschied«, erklärt sie, bevor sie auf das Studium zu sprechen kommt. »Was genau interessiert dich daran?«

Ich merke, dass ich die Stirn krausgezogen habe.

»Also«, antworte ich nach einer Weile. »Als Schauspieler bleibt es immer spannend.«

Frau Panzner schaut mich mit ernstem Gesichtsausdruck an. Zwei Dinge, sagt sie, seien wichtig. »Erstens: der absolute Wille zum Beruf. Und zweitens: ein dickes Fell.«

»Was zum Teufel – soll ich denn tun?«, sage ich mit energischer Stimme, wobei ich darauf achte, noch nicht ins Schreien zu verfallen. »Wer bezahlt denn die Miete fürs Haus? Wer macht sich denn hier zum Sklaven?« Leicht nach vorn gebeugt, breite ich meine Arme aus und richte einen anklagenden Blick in die Sofaecke. Ich gucke haarscharf an Frau Panzner vorbei. So überfordere ich sie nicht, ziehe sie aber trotzdem in die Szene mit hinein, weil sie die Emotion der Figur dicht bei sich spürt. »Glaubst du, ich bin scharf auf das Lagerhaus?« Ich beuge mich noch ein Stück tiefer und senke meine Stimme, um den Wutausbruch vorzubereiten. »Glaubst du, ich will fünfundfünfzig Jahre da unten in diesem Betonbunker verbringen? Aber ich stehe auf. Ich gehe. Für fünfundsechzig Dollar im Monat gebe ich alles auf, wovon ich geträumt habe und wovon ich je träumen könnte.« Jetzt ist es so weit, jetzt erwidert die Mutter von Tom, er würde nur an sich denken, und das bringt das Fass zum Überlaufen. Ich richte mich auf. Ich hole tief Luft. Ich –

»Warte mal kurz.« Frau Panzner erhebt sich und verschränkt die Arme. »Du gehst zu früh in den Text, weißt du?«

Ich nicke.

»Warte, bis du mit dem Sprechen anfängst. Konzentriere dich erst auf deinen Körper. Versuch doch mal, den Text zu flüstern. Vielleicht hilft dir das.«

Ich mache ein paar lockernde Schritte auf der Stelle. Dann spanne ich meine Brustmuskulatur an, den Latissimus, Bi- und Trizeps. Ich gehe ein paar Zeilen zurück. Ich beuge mich erneut leicht nach vorn, allerdings mit noch mehr Körperspannung als eben. Ich lasse einige Sekunden verstreichen. Ich flüstere: »Glaubst du, ich will fünfundfünfzig Jahre da unten in diesem Betonbunker verbringen?« Wieder richte ich meinen Blick auf Frau Panzner. Diesmal riskiere ich sogar einen Augenkontakt. Ich baue ein leichtes Zittern in meine Körperhaltung ein. Ich erreiche den Wutausbruch, und dann versuche ich, mit flüsternder Stimme so laut wie möglich zu schreien. Ich lege meine ganze Kraft in diesen Satz. »Ich gehe in eine Opiumhöhle! Ja, Mutter, Opiumhöhlen, Lasterhöhlen und Gangster-Unterschlüpfe!«, doch alles, was aus meinem Mund kommt, ist ein erbärmliches Hecheln, das überhaupt nicht zu der bedrohlichen Körperspannung passt, mit der ich vor Frau Panzner stehe.

»Ich sehe die Mutter nicht.« Frau Panzner läuft aus der Sofaecke auf mich zu. »Das ist sehr schwierig, aber man muss spüren, dass da noch ein anderer Körper im Raum ist.« Sie stellt sich einen guten Meter neben mich und streicht mit der rechten Hand über ihr Kinn. »Wir versuchen das jetzt mal zusammen. Ich bin deine Mutter.« Sie nimmt die Hand vom Kinn und lässt beide Arme locker am Körper herunterhängen. »Wenn du dich mit dem Flüstern nicht wohl fühlst, kannst du auch wieder mit normaler Stimme sprechen«, sagt sie. Hauptsache, ich würde mich auf sie als zweite Figur einstellen. »Bezieh dich auf meinen Körper! Du musst ein Gespür für den Raum entwickeln.«

Ich betrachte Frau Panzner von oben bis unten. Natürlich beeinflusst ihr Körper mein Befinden. Der Wollpullover kaschiert Frau Panzners Figur bis zu einem bestimmten Grad sehr gut. Je länger man jedoch hinschaut, desto deutlicher ahnt man, was sich darunter verbirgt. Ich weiß nicht, ob mir die Methode wirklich hilft. Möglicherweise, wenn Frau Panzner mitspielen würde, wenn sie mehr täte, als sich wie ein Objekt dazuzustellen, aber so ist mir meine Vorstellung von einer zweiten Figur wesentlich angenehmer als ihr realer Körper.

»Vielleicht schaust du mich erst mal gar nicht an. Warte mit dem Text. Und wenn du es dann nicht mehr aushältst, drehst du dich zu mir.«

Ich wende mich von Frau Panzner ab. Ich betrachte den Flügel am anderen Ende des Wohnzimmers. »Wer bezahlt denn die Miete fürs Haus?« Ich betrachte das dreifüßige Notenpult, das wie massiver Edelstahl wirkt. Die Rückseite der Ablage wird von feinem Leder umspannt.

»Sehr gut!«, wirft Frau Panzner ein. »Weiter! Weiter!«

Und dann fällt mir ein, dass wir uns im Erker befinden, direkt unter dem Turm, und ich frage mich, wer ihr Mann ist, denn sie selbst hat doch gar keinen Erfolg, bei ihr reicht es doch nur für die zweite Reihe, sonst wäre sie dort, wo sie all die Schauspieler hinbringt, dort, wo mein Vater seit langem schon ist. Meine rechte Hand ballt sich zu einer Faust.

»Genauso! Ja!«

Und dann drehe ich mich um, und ich schaue Frau Panzner ins Gesicht, in ihre Augen, die von der rahmenlosen Brille abgeschirmt werden. »Glaubst du, ich bin scharf auf das Lagerhaus?« Ich merke, wie mein Blick nach unten wandern will, auf ihren Pullover, der das verbirgt, weshalb sie sich auf der Bühne immer unwohl gefühlt hat, aber davon lasse ich mich nicht ablenken. Ich suche nach irgendetwas, an das ich mich klammern kann, das mich von ihrem Körper abhält, und da blitzt die pinke Haarsträhne an ihrer Schläfe auf. »Glaubst du, ich bin scharf auf das Lagerhaus?« Ich starre auf diese Strähne. »Glaubst du, ich bin scharf auf das Lagerhaus?« Auf diese Strähne, die mir auf einmal so lächerlich grell vorkommt, als hätte sie sich in den letzten Minuten elektrisch aufgeladen. »Glaubst du –«

Da schüttelt Frau Panzner den Kopf.

Das sei heute alles etwas schnell gegangen, sagt Frau Panzner. Das nächste Mal würden wir auf jeden Fall ein paar Übungen zum Warmwerden machen. »Sofern du noch mal wiederkommen willst.«

Ich lehne mich nicht ins Sofa, sondern bleibe aufrecht sitzen, weil sich auf meinem Rücken ein Schweißfilm gebildet hat.

»Das liegt bei dir.«

Der Schweiß fühlt sich kalt an. Die Klimaanlage senkt die Temperatur sicher auf unter zwanzig Grad.

»Hast du mal über andere Rollen nachgedacht? Was interessiert dich denn an diesem Tom?«

Ich hebe meinen Blick, zucke die Achseln. »Das mit den Wahrheiten. Dass er sie dem Zuschauer liefern will.«

Frau Panzner atmet hörbar durch. »Ich weiß, was im Text steht, aber was interessiert *dich?* Persönlich?« Dann erklärt sie, dass ich mich durchaus bemüht hätte, das habe sie gemerkt. Doch der Wutausbruch, der sei nicht echt gewesen. Ich müsse die Figur aus mir selbst entwickeln. »Was macht dich wütend?«

Ich zucke zusammen.

Vor mir schleicht der Kater entlang. Wie aus Versehen streift er dabei mein Schienbein, erst mit dem Kopf, dann mit seinem flauschigen Körper.

»Du kannst dir auch überlegen, dich anders anzuziehen, um ein Gefühl für die Figur zu entwickeln. Was du jetzt trägst, ist viel zu schick.«

Der Kater verschwindet unter dem Wohnzimmertisch.

»Mein Vater trägt moderne Sachen«, sage ich langsam.

Frau Panzner mustert mich. »Am Ende ist es aber dein Vorsprechen. Dein Vater spielt da keine Rolle.«

Auf ihrem Schoß taucht der Kater auf.

Frau Panzner streicht ihm sanft über den Rücken. »Schau dir mal Leonce und Lena an. Den Anfang. Vielleicht findest du da was.«

Wieder guckt mich der Kater mit seinen strahlend blauen Augen an. Doch irgendetwas stimmt nicht.

»Und überleg dir, ob du den Beruf wirklich willst.«

Fast wirkt es, als würde er etwas fixieren, das vor mir schwebt. Als würde sein Blick mich gar nicht erreichen.

»Nur du kannst das wissen, Leonard. Schau in dich hinein.«

18

W*aitin outside,* schreibt Benny. Ich halte mein iPhone hoch und sage, dass ich abgeholt werde. Der Kater springt Frau Panzner vom Schoß, als sie aufsteht, um die Tassen abzuräumen. Ich tippe *Comin* ein und gehe in den Flur, wo ich meine Schuhe anziehe.

Frau Panzner kommt aus der Küche. »Wir können ja heute Abend ein bisschen weiterplaudern«, sagt sie, und während sie mir die Hand drückt, reißt sie wieder die Augen hinter ihrer Brille auf, als spreche sie etwas unheimlich Bedeutsames aus: »Auf der Premiere.«

Einen Moment lang hält Frau Panzner meine Hand noch fest, dann löst sie den Griff mit einem fröhlichen Lachen. Ich öffne die Haustür.

»Bis heute Abend«, sagt Frau Panzner.

»Okay«, antworte ich und wende mich ab.

Ich gehe auf das Gartentor zu, auf den eissilbernen Audi A3, der in einer Parkbucht auf der gegenüberliegenden Straßenseite steht. Ich öffne das Tor und überquere die Straße. Benny stößt die Fahrertür auf. Er trägt ein weißes, fast durchsichtiges Hemd zu einer schwarzen Jeans mit Dark-Denim-Textur. Die Ärmel hat er aufgeschlagen, die Glashütte fügt sich perfekt in den Look ein. Seine Haare hat er nach hinten gestylt. Nur die Sonnenbrille fehlt.

Bennys Blick hat etwas Seltsames. Ich schlage mit ihm ein, und er grinst, doch das Grinsen findet nur im Mundbereich statt. Der Ausdruck seiner Augen passt nicht, sie sind minimal zu weit geöffnet, als verliere sich die Spannung knapp unter ihnen. Ich gehe zur Beifahrerseite und steige ein. Irgendein Lied von Lana Del Rey startet zeitgleich mit dem Motor.

»How did it go?«, ruft Benny.

Ich habe keine Ahnung. Ich sage irgendetwas, vielleicht »Whatever«, vielleicht »All right«, auf jeden Fall wird es von der Musik geschluckt, und es dauert keine paar Sekunden, bis Benny auf die SMS zu sprechen kommt. Drei, vier Sätze sind das, die er da sagt, die er fast schreit, aber ich ignoriere sie, weil völlig klar ist, dass es hier keineswegs darum geht. Die SMS dient doch nur als Vorspiel, ich weiß genau, was jetzt folgt, wieso können wir nicht einfach nebeneinandersitzen und Rap hören, und sobald es still wird, wiederholen wir die besten Lines, und dann fängt der neue Track an, oder wir skippen zurück, wenn uns danach ist, und hören den gleichen noch mal, Ben, so wie früher?

Ich fahre das Fenster runter und lehne meinen Kopf nach draußen. Benny dreht die Musik ab. Die CD sei von Linda oder Marie, eine der beiden habe sie vorhin eingelegt. Der Wind kriecht mir warm über die Stirn und in die Haare. Anscheinend seien die beiden gestern bei ihm gelandet, er könne sich nicht erinnern. Ich atme langsam ein und wieder aus. Er hätte einen klassischen Filmriss, sagt Benny, und was hast du dann davon, frage ich mich, wenn die beiden bei dir waren, ohne dass du noch irgendetwas davon weißt? So ein Filmriss sei ihm schon lange nicht mehr passiert, fügt er hinzu, und wahrscheinlich, denke ich, sind sie alle drei einfach eingeschlafen. Es wird lächerlich harmlos gewesen sein, so wie man früher beieinander übernachtet hat, mit Chips und Cola, und das Aufregendste war der Fernseher, der die ganze Nacht durchlief, Ben, damit beeindruckst du niemanden mehr, die Zeiten sind vorbei.

Ich wende mich zurück ins Wageninnere. »Was war eigentlich gestern zwischen Paul und dir?«

Ja, antwortet Benny nach einer kurzen Pause, Marie hätte erzählt, er sei mit Paul aneinandergeraten, und von da an habe Paul ihn auf dem Kieker gehabt. Benny runzelt die Stirn. Von der Situation wisse er allerdings nichts mehr.

»Um ehrlich zu sein«, sage ich, »Paul trifft da keine Schuld.« Ich erkläre Benny, dass er Anna angetanzt hätte, obwohl sie nicht an ihm interessiert gewesen sei. »Sie hat dich weggedrückt«, fahre ich fort, »und da bist du Paul in die Hacken gestolpert, aber das wolltest du nicht einsehen.«

Benny runzelt immer noch die Stirn. Nach ein paar Sekunden entspannt er sich. »Spinner«, flüstert er, »du verdammter Spinner«, und dann schlägt er mir mit der Faust gegen die Schulter.

»Pass doch auf«, sage ich und erwähne, dass ich mich in der Nacht verlegen hätte.

Benny bremst ab, bis die Digitalanzeige fünfzig Stundenkilometer zeigt. Ich kann nichts entdecken, was einem Blitzer ähnlich wäre.

»Das mit Anna«, erklärt Benny, »ist Bullshit.« Er hätte sich gestern auf Marie und Linda konzentriert, und da habe er genug Spaß gehabt. Erneut setzt er dieses Grinsen auf, das die Augenpartie nicht erreicht.

»Weiß nicht«, entgegne ich. »Ich habe Anna dasselbe gefragt, als ich heute Morgen bei ihr war. Ich meine«, sage ich, »eigentlich habe ich eher mich selbst gefragt, was zwischen dir und Paul los war, aber Anna hat darauf geantwortet.«

Benny fährt jetzt fast vierzig. Ich lehne meinen Kopf wieder ein Stück nach draußen, diesmal, ohne mich von Benny abzuwenden. »Du warst ziemlich fertig.«

Sein Blick ist starr auf die Straße gerichtet.

»Irgendwann wollte Paul, dass du verschwindest«, sage ich und erzähle, wie ich mit Benny noch ins Gästezimmer gegangen bin. »Dann habe ich dich aus den Augen verloren.«

Wir biegen in den Fichtenweg.

»Und am Ende soll ich in der Sauna gelandet sein?«, fragt Benny.

Vor der Schule sind einige Parkplätze frei, und wir lenken in die Lücke direkt vor dem Tor. Paul steht dort zwischen Anna und Linda und raucht.

»Scheint so«, erwidere ich. »Hast du das denn wirklich alles vergessen?«

Benny lässt den Motor noch ein paar Sekunden laufen, bevor er ihn abstellt. »Paar Sachen fehlen mir«, sagt er, »paar Sachen weiß ich noch.«

Ich gebe Linda zwei Wangenküsschen und schlage mit Paul ein, bevor ich mich Anna zuwende. Sie lächelt etwas verlegen, und natürlich hätte sie ihren Bruder besser im Griff haben müssen, doch für den schwarzen Jungen trifft sie keine Schuld. Ich lege meine Hand auf ihre Hüfte, begrüße auch sie mit zwei Wangenküsschen und bleibe ein klein wenig dichter bei ihr stehen, als man das tun würde, wenn zwischen uns nichts geschehen wäre. Vor uns schlagen Benny und Paul ein.

»Alles fit?«, fragt Paul.

Bennys Lächeln sieht aus wie ein Riss in seinem Gesicht. »Klar«, antwortet er.

Paul löst den Handschlag, zieht an seiner Zigarette und schnippt den Stummel zur Seite. »Gut.«

Und dann will Benny noch irgendetwas sagen, aber in dem Moment hupt jemand vor uns auf der Straße. Neben Bennys A3 parkt ein schwarzer Golf ein. Dahinter steht der Achtziger-Jahre-Porsche. Es dauert eine ganze Weile, bis Steffen weiterfährt und in eine andere Lücke einlenkt. Aus dem Golf steigt der aschblonde Lockenafro. Als sich die Tür auf der Beifahrerseite öffnet, kribbelt es in meinem Unterleib. Jana trägt ein weißes Sommerkleid, das ihre Brüste betont und im Hüftbereich eng geschnitten ist. Jonas will gerade die Tür zuschlagen, als Steffen hinter ihn tritt, um irgendetwas in sein Ohr zu flüstern. Jonas horcht auf und hebt entschuldigend die Hände. Ein paar Sekunden später stößt Steffen zu uns. Er habe Jonas darauf aufmerksam gemacht, dass er den falschen Parkplatz genommen hätte.

»Das nächste Mal«, sagt Steffen, »stehe da wieder ich.« Dann mustert er jeden Einzelnen in der Runde, tut so, als würde er überlegen, und klopft mit der Handfläche auf die Brusttasche seines Jacketts.

Ich bekomme einen leichten Adrenalinschub, und auch Benny und Paul haben plötzlich diesen Fokus im Blick. Benny sagt etwas wie »Sweet«, und Paul nickt, und ich denke, dass das Zeug gar nicht so hart sein kann, wenn Benny schon wieder auf den Beinen ist.

Ich wende mich an Anna. »Willst du mit?«

Anna guckt zur Seite, und als sie mit gespielter Kindlichkeit »Wenn ich darf?« entgegnet, denke ich, dass wir zurück auf dem richtigen Weg sind.

Benny hat seinen Arm bereits um Linda gelegt und führt sie in Richtung Wald.

»Fünfzehn Minuten«, verkündet Steffen, »dann müssen wir tanzen.«

Eigentlich dachte ich, Steffen wolle seine mündliche Prüfung in Geschichte absolvieren, aber das Abi-Kompaktwissen, das vor uns auf dem Baumstumpf liegt, ist die Deutsch-Ausgabe zur Literaturgeschichte und den Epochen. Steffen greift in die Innentasche seines Jacketts und zieht ein gut gefülltes Plasttütchen heraus. Er streut das weiße Pulver auf das Buch, dann formt er mit seinem Führerschein fünf sehr schöne Lines. Etwas Licht fällt auf den Stumpf, ansonsten dringt die Sonne kaum durch die Baumkronen, weshalb es angenehm kühl ist. Paul, Benny und Linda starren das Kompaktwissen an, während Anna gelegentlich zu Steffen aufschaut. Am Saum und an den Ärmeln seines Jacketts hängen Fransen, die nicht funktionieren, weil sie viel zu sauber gearbeitet sind. Die anvisierte Lockerheit macht dadurch einen erzwungen Eindruck und schlägt in ihr Gegenteil um. Paul trägt ein schwarzes Hemd, mit dem er in der Masse untergehen wird, weil es so schlicht ist, dass man die Spannung im Brust- und Nackenbereich kaum wahrnimmt. Bennys weißes Hemd und die Dark-Denim-Jeans wären eine echte Gefahr für mich, doch seine zurückgegelten Haare wirken wie ein in Klammern gesetztes Ausrufezeichen. Steffen verteilt Notizzettel und sagt, dass wir eingeladen sind. Mein rostbraun gestreiftes Piqué-Shirt entfaltet in Kombination mit der aliceblauen Jeans eine genuine Vitalität. Ich warte nicht auf die anderen, beuge mich runter und ziehe eine Line. Obwohl ich weder mein slimgeschnittenes Hugo-Boss-Hemd noch irgendetwas anderes Spezielles trage, bin ich mit Abstand am besten gekleidet. Ich richte mich wieder auf und sniffe zwei, drei Mal nach.

Ich schaue auf Annas String, der aus ihrer engen Jeans guckt, während sie ihre Line zieht, und ich denke, dass Anna zwangsläufig bei mir landen musste.

»Hat uns die Literaturgeschichte ja doch was gebracht«, sagt Steffen und will das Kompaktwissen von dem Baumstamm nehmen, als Benny schützend seine Hände darüberhält.

»Haben wir nicht noch Zeit?«, fragt er, kaut auf seiner Unterlippe und holt dann sein Portemonnaie aus der Hosentasche. »Wie viel willst du?«

Steffen wirft das Tütchen in die Luft und fängt es wieder auf. »Fünfzig, für das hier.«

Das Tütchen ist noch mindestens zur Hälfte gefüllt, ich sehe Lindas Blick erwartungsvoll auf Benny gerichtet, und auch Anna und Paul schauen in seine Richtung, und da greife ich nach meinem Portemonnaie und ziehe einen Fünfziger heraus. »Hier.«

Steffen guckt erst zu mir und schließlich zu Benny, der ihm ebenfalls einen Schein entgegenhält.

»Schon gut«, sage ich, »ich geb 'ne Runde aus.«

Bevor Benny etwas einwenden kann, greife ich nach dem Tütchen und reiche Steffen das Geld. Dann beuge ich mich zu dem Buch runter.

»Kein Problem«, höre ich Steffen zu Benny sagen, »du kriegst deins nachher.«

19

Als wir aus dem Wald kommen, legt sich Anna die Arme um die Schultern. Ich schaue nach ihrem String, aber er scheint sicher unter dem Gürtel zu stecken. Zwischen Top und Jeans haben sich kleine Pusteln auf Annas Haut gebildet, als hätte jemand einen Eiswürfel über ihre Hüften gleiten lassen, und ich weiß, dass Benny, der neben mir läuft und so tut, als wäre er von Lindas viel zu weitem Sommerkleid angetan, genau wie ich auf Anna schaut, auf ihre Jeans, und ich kenne seine Gedanken, doch sie haben mit der Realität nichts zu tun, weil Benny mich in seiner Fantasie ausblendet. Und diesen Fehler sollte niemand begehen, niemand sollte mich ausblenden, und dann frage ich Benny, was mit seiner Sonnenbrille passiert ist. »Ich meine«, sage ich, »hast du sie verloren?«

Es fällt Benny nicht leicht, den Blick von Anna zu nehmen. Er schaut eine Weile rechts auf die Bäume, an denen wir vorbeigehen, schließlich dreht er sich zu mir und entgegnet: »Wieso sollte dich Paul heute abholen, Leo? Das ist doch mein Job.«

Ich zünde mir eine Zigarette an. »War gestern alles ganz schön anstrengend für Paul«, sage ich und atme Rauch aus. »Wollte sehen, wie's ihm geht.«

Benny verzieht seinen Kiefer, als versuche er, eine Fleischfaser zu lösen, die sich irgendwo zwischen seinen

Zähnen verfangen hat. »Die Sonnenbrille«, antwortet er, »ist tatsächlich weg.« Sie müsse irgendwann am Ende verlorengegangen sein, laut Marie habe er sie die ganze Party über noch getragen.

Ich schnippe Asche zur Seite. Ich spüre dieses Kitzeln im Nacken, als würde man mir winzige Stromschläge durchs Rückenmark jagen. Ich versuche, einen ernsten Gesichtsausdruck aufzusetzen. »Frag auf jeden Fall Paul, ob sie wieder aufgetaucht ist«, sage ich. »Es wäre wirklich schade drum. Die sah gut aus.«

Mir wird warm, fast heiß, als wir am Schultor ankommen, das ungeschützt in der Sonne liegt. Steffen, der vorneweg gelaufen ist, erklärt, es sei Zeit reinzugehen, holt eine Zigarette aus seinem Jackett und zündet sie grinsend an.

»We'll meet you guys inside«, erwidert Linda, und Anna sagt »Bis gleich«, und damit meint sie mich, nur mich, obwohl Benny direkt neben mir steht, und ich lächle zurück.

»Ihr wart also bei Anna?«, fragt Benny.

Steffen zieht an seiner Zigarette und lacht.

»Ja«, sage ich.

Vor uns gehen zwei Mädchen durch das Schultor. In der Sonne wirken Emmys blonde Haare fast weiß.

»Hab ich doch gesagt«, füge ich hinzu, und dabei bemerke ich erneut Emmys Blick, diese Bewunderung, die sie zu mir hinzieht, und diese Ehrfurcht, die sie gleichzeitig davon abhält, auf mich zuzustürzen.

Emmy folgt ihrer Freundin über den Schulhof, ohne dass sie es wagt, sich noch einmal nach mir umzusehen. Seit dem Schwimmkurs hätte ich jederzeit etwas mit Emmy anfangen können, aber sie kam mir schon damals jung und unreif vor. Die Mädchen müssen mir schon ebenbürtig sein.

Ich trete meine Zigarette aus. »Anna wohnt sehr schön«, sage ich. »Ihr gehört das Dachgeschoss, weißt du?«

Paul scannt erst den Saal und guckt schließlich auf sein iPhone.

»Vielleicht noch ein bisschen geschafft von gestern?«, fragt Steffen.

Maren sei heute Morgen ziemlich früh gegangen, erwidert Paul, insofern gehe es ihr sicher nicht schlecht. »Eigentlich wollte ich sie auch mit auf die Jacht nehmen.« Er zuckt die Achseln. »Ich kann sie ja nicht zwingen.« Dann steckt er das iPhone weg und geht in die Menge.

Einige Mädchen haben ihre Freunde mitgebracht, die ich noch nie gesehen habe. Steffen entdeckt Jana und Jonas ein paar Meter neben uns und stellt sich hinter sie. Ich betrachte Jonas' Lockenafro in der Spiegelwand und sein weiches, unscheinbares Gesicht. Ich folge Steffen, und mein Look bringt Schwung in das Bild.

»Jonas«, flüstere ich, »was ist denn dein Tipp für den Boden des Jahres?«

Ich sehe, dass er die Stirn krauszieht, und dann erscheint noch ein weiteres blasses Gesicht im Spiegel, direkt neben meinem.

»Danke für die Einladung.« Roland strahlt, als hätte man ihn für einen Oscar nominiert. Er will etwas hinzufügen, doch in der Mitte des Saals klatscht Pia in die Hände und ruft, dass wir jetzt anfangen. »Bis später«, sagt Roland, und es fällt ihm richtig schwer, sich von mir loszureißen. Endlich wendet er sich ab.

Auch Jana und Jonas gehen weiter in die Mitte, nur Steffen bleibt bei mir stehen. »Du kannst ja richtig gemein sein, Leo. Der denkt jetzt wirklich, er darf mit.«

Pia geht Roland kaum bis zur Schulter, dafür ist sie doppelt so breit. Genauso verhält es sich mit den Köpfen der beiden. Roland hat einen langen dünnen Schädel, während Pias Gesicht aussieht, als sei es zusammengepresst worden. Dabei zeigt ihre Knäuelnase nach oben, so dass die Nasenlöcher permanent sichtbar sind.

»Herzlich willkommen zur ersten Tanzstunde«, sagt Roland. »Schön, dass ihr da seid.«

In der Ecke tuscheln noch ein paar Physiker. Hendrik rückt seine Brille zurecht und weist seine Nebenleute darauf hin, dass jetzt angefangen wird. Ich frage mich, wie sie das machen wollen, unter ihnen befinden sich ganze zwei Mädchen, Odine, und der Name der anderen fällt mir nicht ein. Auf jeden Fall sind beide grundhässlich, vor allem Odine mit ihren gelben Zähnen. Zumindest, denke ich, muss sie keine Zahnseide verwenden, so stark, wie sie auseinanderklaffen. In Odines Nähe steht Mike, und so von weitem kommt sein Körper noch mehr zur Geltung. Diese Mischung aus Kraft und Eleganz, die mir erst im Schwimmkurs richtig aufgefallen ist. Mikes Kraultechnik wirkte natürlich und angeboren. Während Paul und Benny wie Kampfroboter ihre Arme ins Wasser schlugen, tauchte Mike immer erst die Hände ein und ließ dann die Arme folgen, ohne den geringsten Spritzer zu verursachen. Mike schwamm nicht, Mike glitt durch das Wasser, sein Afro passte sich stromlinienförmig an, und wenn die anderen nicht gewesen wären, hätte man keinen Laut gehört, weil er sich mit der Ruhe der Natur bewegte.

Pia sagt, dass wir mit den Salsaschritten beginnen und am Ende den Walzer üben würden. Walzer, fügt Roland hinzu, lerne man schnell.

Nachdem wir einen Kreis um Roland und Pia gebildet haben, fragt Roland, ob wir wüssten, was ein Wiegeschritt sei. Als ich antworten will, fällt mir auf, dass ich die ganze Zeit meine Wangen einziehe und darauf herumkaue wie ein Wahnsinniger. Es fällt mir richtig schwer, damit aufzuhören, so stark wirkt Steffens Kokain.

Roland wartet nicht länger, sondern tanzt den Schritt laut mitzählend vor. »Wie-ge-schritt, Pause, Wie-ge-schritt, Pause.«

Ich beobachte die anderen eine Weile, wie sie ungelenk hin- und herwiegen, warte, bis sich meine Wangen endgültig entspannen, und gehe dann, begleitet von zunehmender Stille, langsam in die Mitte.

»Bei der Salsa«, sage ich in klarem Flüsterton, »macht man keinen Wiegeschritt.«

Roland und Pia schauen mich fragend an.

Etwas lauter füge ich hinzu, dass ich in den Staaten drei Intensive Salsa Classes besucht hätte und sicher sagen könne, dass der Salsaschritt kein Wiegeschritt sei. »Der Salsaschritt«, erkläre ich, »geht so.« Rhythmisch und mit dezentem Hüftschwung tanze ich den Basicstep, ab dem dritten Mal zähle ich laut mit. »One, two, three, stop, five, six, seven, stop.« Ich schaue in die Richtung, wo ein paar Mädchen kichern. Ich fahre mir durch die Haare. Ich achte darauf, meine Frisur nicht durcheinanderzubringen, und tanze den letzten Takt aus. »Für die Drehungen«, lächle ich, »ist es wohl noch ein bisschen zu früh.«

Roland kratzt sich am Hals. Vielleicht, sagt er, sei es dann besser, wenn ich in der Mitte bleiben würde. Ich nicke.

Jetzt müsse sich jeder einen Partner suchen, verkündet Roland und umschließt mit seiner linken Pias rechte Hand.

Den freien Arm legt er ihr um die Hüfte. Ich fahre mir mit dem kleinen Finger meiner rechten Hand über die rechte Augenbraue und werfe Anna einen Blick zu. Anna guckt kurz zur Seite, bevor sie meiner Aufforderung folgt und zu mir in die Mitte läuft.

»Keine Angst«, flüstere ich ihr ins Ohr, als sie vor mir steht, »die Frau bewegt sich immer so gut wie der Mann.«

Wir tanzen den Basicstep ein paar Mal, bis Roland eine CD mit einem langsamen und simplen Salsarhythmus abspielt. Anna guckt sehr konzentriert auf meine Brust. Als sie aus dem Takt gerät, halte ich kurz inne.

»One, two, three – five, six, seven –«, zähle ich, und langsam kommt Anna wieder rein. Ich belohne sie mit einem lobenden Augenzwinkern, weil sie als Anfängerin das einzig Richtige macht, indem sie sich mir, dem Erfahrenen, ganz überlässt.

Anna und ich sind das bestaussehende Paar im Saal. Benny und Linda wirken hölzern wie in einem schlechten Animationsfilm, Paul tanzt mit Maja, die es selbst an guten Tagen kaum in die Mittelklasse schafft, und auch Mike macht keine gute Figur, obwohl er schwarz ist. Ich gehe näher an Anna heran. Ich stelle mein rechtes Bein zwischen ihre Füße, so dass wir uns an den Oberschenkeln berühren. Hüfte an Hüfte justiere ich ihren Schwung, bis er auf den Rhythmus passt, ohne übertrieben zu wirken. Annas Pony liegt elegant auf ihrer Stirn. Ihre Nase ist länglich, aber nicht groß, und sie verläuft gerade Richtung Mund, und als Anna einen kurzen Moment zu mir hochschaut, bin ich mir sicher, dass sie die Kleine aus Bennys Video toppen würde.

20

Für heute hätten wir genug Salsa getanzt. Roland stellt die Musik ab. Jetzt sei der Walzer dran. Vorsichtig löse ich mich von Anna. Ich schaue mich ein wenig um, dann führe ich sie unauffällig an den Rand. Wir gehen vier, fünf Schritte, als Roland viel zu laut meinen Namen ruft: Ob ich Walzer genauso gut tanzen könne wie Salsa? Ich bleibe stehen. Ich neige den Kopf zur Seite, und dabei knackt es in meinem Nacken, und plötzlich bin ich mir nicht mehr sicher, ob das Kokain noch bei mir ist. Ich weiche Annas Blick aus. Auch die anderen gucken mich an. Es ist still. Ich spüre, wie mein Rücken kalt wird und feucht.

»Leo«, ertönt Rolands Stimme. »Wie sieht's aus?«

Ich schließe die Augen für einen Moment. Klar, sage ich. Walzer, kein Problem, und dann öffne ich sie wieder, aber niemand hat mich gehört. Als hätte sich eine Schutzhülle um meinen Schädel geschlungen, an der die Worte abgeprallt sind, werde ich nach wie vor angestarrt. Ich schaue zu Benny rüber, der dicht bei Linda steht und ihr etwas ins Ohr flüstert. Seine Glashütte wirkt matt hier drinnen, ohne Sonnenlicht, und dann schaffe ich es, noch einmal anzusetzen. Ich sage, dass ich vor allem Salsa getanzt hätte, und weil meine Stimme ruhig klingt und fest, lege ich meinen Arm um Anna und füge hinzu: »Walzer schau ich mir gern noch mal an.«

»Also«, sagt Pia, »dann zeigen wir euch das jetzt.«

Aus irgendeinem Grund halten wir uns kaum mit Drysteps auf. Schon nach wenigen Minuten legt Roland eine Walzer-CD ein, und sofort erkenne ich das Lied. Ich war vielleicht fünf Jahre alt. Ich habe den Film drei oder vier Mal geschaut. Die Bilder tauchen in meinem Kopf auf, aber nicht aus dem Film, sondern aus dem Traum, den ich in einer Nacht danach hatte, und manchmal habe ich ihn heute noch. In dem Traum werde ich von Streichmusik geweckt. Es ist »Chim Chim Cher-ee« aus *Mary Poppins.* Ich bin leicht verschlafen und spüre so ein unterschwelliges Glücksgefühl. Ich versuche herauszuhören, wo die Musik herkommt. Zunächst gelingt es mir nicht, doch schließlich merke ich, dass sie auf der Einfahrt spielt. Ich liege in meinem Bett. Ich lausche dem dumpfen *Chim chim cheree,* und dann macht das Gartentor ein Geräusch, und in diesem Moment schlägt das Glücksgefühl in Angst um. Ich stehe auf und gehe ins Wohnzimmer, wo meine Eltern sein sollten. Im Erker ist das Licht eingeschaltet, eine aufgeschlagene Zeitschrift liegt auf dem Esstisch, und ohne weiterzusuchen wird mir klar, dass niemand außer mir zu Hause ist. Ich gehe zurück in den Flur, das *Chim chim cheree* wird immer lauter. Und als ich aus dem Fenster neben unserer Haustür gucke, entdecke ich eine dunkle, verschmutzte Gestalt auf dem Steinweg. Ich kann nicht sagen, ob es sich um eine Frau oder um einen Mann handelt. Die Gestalt trägt eine Schornsteinfegermütze tief ins Gesicht gezogen. Als sie mich bemerkt, schiebt sie die Mütze auf ihrem kahlen Schädel zurück, und das Gesicht erscheint, kreidebleich und ohne Augenbrauen. Die schmalen, brüchigen Lippen formen sich zu einem Grinsen, und ich sehe, dass auch die Zähne fehlen, und das Zahnfleisch ist schwarz, und während ich mir die Ohren zuhalten muss, weil das Lied unerträglich laut wird, holt die Gestalt etwas aus ihrer rußverschmierten Jacke. Ich erkenne einen Schlüsselbund, die Musik verstummt, und für einen Moment ist es totenstill. Dann höre ich die erste Umdrehung von unserem Türschloss, und da weiß ich, ich habe keine Chance zu entkommen.«

»Hey! Hey, Leo!« Ich merke, dass alle anderen den Grundschritt tanzen, und weil Anna bereits meine Hand genommen hat und ihr Arm auf meiner Schulter liegt, beginne ich ein paar vorsichtige Drehungen. Ich muss mich konzentrieren, da der Walzerschritt die Salsa konterkariert. Statt mit links, gehe ich mit rechts nach vorn, und statt wieder zurück, zunächst zur Seite. Außerdem komme ich mit dem Dreivierteltakt nicht klar. Ich wechsle zurück in den Wiegeschritt, doch Anna gibt unversehens einen Impuls, und wir befinden uns abermals in einer Drehung. Ich brauche eine Weile, bis mir bewusst wird, dass Anna die Führung übernommen hat. Ich versuche, ihr nicht ins Gesicht zu schauen. Ich versuche, mich auf den Takt zu konzentrieren, ich höre das *Chim chim cheree,* und als ich aufblicke, verzerrt sich Annas Gesicht, und es folgt ein lauter, im gesamten Saal hörbarer Schrei.

Roland und Pia halten inne, auch die anderen hören auf zu tanzen. Ich habe das Gefühl, dass mein Rücken komplett nass ist. Irgendjemand lacht. Die Stimme kommt von drüben, dort, wo die Physiker stehen. Ich schaue auf, und dann sehe ich Odine und ihre riesige Zahnlücke zwischen den Schneidezähnen, und da bemerke ich, dass Annas Augen ganz fest auf mir ruhen, auf meinem Mund, den sie fixiert, auf meinem linken oberen Schneidezahn, dem

Fleck, den man dort ganz sicher noch sieht, auch wenn er schon deutlich kleiner geworden ist. Vielleicht verwende ich White Polish nicht häufig genug, vielleicht muss ich die Paste nach jedem Essen auftragen, weil alles, was nicht sofort vom Zahn entfernt wird, den Fleck wieder verdunkelt und ihn wachsen lässt. Ich halte mir die Hand vor den Mund. Ich höre Pia klatschen. Der Jahrgang fängt aufs Neue an zu tanzen, nur Anna und ich stehen immer noch reglos da. Irgendetwas muss ich sagen. Die letzten Sekunden von »Chim Chim Cher-ee« laufen, und als das Lied zu Ende ist, erkläre ich, dass ich einen wichtigen Anruf vergessen hätte, taste nach meinem iPhone und gehe mit kontrollierten Schritten aus dem Saal.

Im Bad befeuchte ich mein Gesicht mit kaltem Wasser. Ich fahre mit meiner Zunge über den Fleck, spüre die rauhe Stelle. Ich hole das durchsichtige Tütchen aus meiner Jeans und lege eine Line auf den Fliesen vor dem Spiegel, ziehe das Pulver, lege mein Shirt ab, tupfe mir mit einem Papiertuch die Achseln und den Rücken und warte, bis ich meinen Körper unter Kontrolle habe, bevor ich das Shirt wieder anziehe. Dann gehe ich auf den Schulhof und rauche, und das Kokain kriecht mir in den Nacken, in den Kopf, doch es braucht noch ein bisschen, und Anna, denke ich, Anna hat die Führung übernommen. Ich schnippe den Stummel beiseite und zünde mir eine neue Zigarette an. Der verdammte Dreivierteltakt.

»Wichtiger Anruf?«, fragt Benny. »Casting?«

Ich atme Rauch aus. »Vorsprechen«, verbessere ich ihn, aber Benny geht nicht darauf ein.

Gleich würde es losgehen, sagt er. Die Jacht sei bereit. Dabei wirft er einen Blick nach hinten. Paul ist ein paar

Meter weiter bei Maja stehen geblieben, und genau dazwischen, zwischen Paul und Maja und Benny und mir, sehe ich Anna, die noch zögert, ob sie sich uns oder den anderen beiden anschließen soll. Benny winkt Anna herbei, als sei er von diesem Zögern überrascht, und erst da schließt sie vorsichtig auf. Ihr Fuß tue immer noch weh, sagt sie, und dass sie jetzt schon merke, wie sich eine Schwellung bildet. Ich weiß nicht, wie mir das passieren konnte, Takt hin oder her. Anna verlagert das Gewicht sichtbar auf ihren gesunden Fuß, und ich denke, dass ich die Sache klären muss, solang ich da noch irgendwie rauskomme, und ich schaffe es gerade so, mich Annas lähmender Opfermentalität zu entziehen.

»Anna«, sage ich, »ich habe mich in letzter Zeit viel mit meiner Zukunft beschäftigt.« Ich erzähle, dass ich gerade dabei sei, Angebote zu sondieren, weshalb es mir schwerfalle, den Kopf freizukriegen. »Es ist nicht so leicht, die richtige Entscheidung zu treffen.« Ich mache eine Pause. »Hast du denn schon einen genauen Plan?«

Anna schaut auf.

Ich lasse meine Zigarette fallen. »Das tut mir jedenfalls leid«, sage ich und trete den Stummel aus. »Mit deinem Fuß.«

Annas Augen schnellen zur Seite. »Okay«, erwidert sie, aber in ihrer Stimme liegt ein stiller, unerbittlicher Vorwurf. Sie will sich wegdrehen, doch Benny berührt sie am Arm.

»Warte mal, ich wollte dich noch was fragen.«

Ich weiß nicht, was Benny vorhat. Womöglich, sagt er, müsse er sich auch entschuldigen. Anna zuckt die Achseln. Sie habe keine Ahnung, wofür.

»Du hast Leo erzählt«, erklärt Benny, »ich hätte mich gestern etwas aufdringlich verhalten. Dir gegenüber.«

Er blickt abwechselnd zu mir und zu Anna. Ich schwitze wieder.

»Hast du ihm doch erzählt, als ihr bei dir geschlafen habt?«

Anna lacht nicht, das ist eher ein lachendes Ausatmen, mit dem sie reagiert, und dann sagt sie zu Benny, dass er sich keine Sorgen machen solle, es sei nichts geschehen, und dabei wirkt sie ganz entspannt, als wäre ich ein dummes, ungefährliches Kind, über das man einfach hinwegspricht. Ich versuche mit aller Macht, neutral zu gucken.

»Leo hat auch nicht bei mir geschlafen«, fügt Anna hinzu und wendet sich noch einmal an mich. »Sorry.«

»Süß, die Kleine«, sagt Benny, während er ihr nachschaut, und murmelt dann: »Im Gegensatz zu dem da.«

Roland kommt zu uns und fragt, wer hier wen süß findet.

»Leo fand's süß, wie du den Kurs geleitet hast. Und mal ehrlich, war er das selbst nicht auch?«

Roland erwidert, dass ich sehr gut Salsa tanzen könne und es toll vorgemacht hätte.

»Ihr zwei seid einfach ein super Team«, fährt Benny fort. »Ihr solltet zusammen auftreten. Du mit deiner Grundkomik und Leo mit seinem Talent für Slapstick. Die Leute würden sich sicher amüsieren.«

Roland bricht sein Nicken inmitten der Bewegung ab, als würde sein Nacken blockieren. Wie Benny das meine?

»Just sayin: you guys are funny.«

Er habe sich mit Pia sehr ernsthaft vorbereitet, sagt Roland, und er hoffe, davon sei auch etwas angekommen.

»Wir müssen noch die Drinks rüberfahren«, wendet sich Benny an Paul, der zwischen Roland und mir auftaucht.

»Meinst du, wir schaffen das mit einem Auto?«, fragt Paul.

»Lass uns lieber mit beiden fahren«, antwortet Benny und schaut mich an. »Wirklich schade, dass du heute Abend nicht kannst«, und wie ein übereifriger Kleindarsteller springt Roland darauf an. »Du kommst nicht mit auf die Jacht?«

Benny holt seinen Autoschlüssel raus. »Wir müssen leider los, aber ihr solltet euch später darüber unterhalten«, sagt er. »Misery loves company.«

21

Benny schafft es nicht, ruhig zu sitzen. Andauernd schaut er zu mir, während er Teile von »How we do« mitrappt. Als wir in die Elisastraße biegen, sagt er irgendetwas, das ich nicht verstehe. Ich habe mich bei Steffens Kokain geirrt. Die Qualität ist trügerisch, weil es einen spürbaren Anlauf nimmt, aber sobald sich die Wirkung voll entfaltet, verpufft sie auch schon wieder, als hätte man ein paar Espressos hintereinander getrunken und kurz Herzklopfen bekommen, und dann setzt man sich einmal hin und atmet durch, und das war's. Jetzt rappt Benny den Refrain. Dabei streift sein Blick das Haus mit der italienischen Veranda, und plötzlich hört er auf. Die Sonnenbrille, erklärt er, dürfe man als Accessoire nicht unterschätzen. Er würde sich jetzt gleich noch eine neue holen. Benny sagt wirklich »Accessoire«, ohne den K-Laut.

»A-k-cessoire«, murmle ich, »es wird A-k-cessoire gesprochen.«

Benny richtet seine Pupillen auf mich, die immer noch leicht geweitet sind, das glattrasierte Kinn hat er etwas nach vorn geschoben. »A-k-cessiore?«, fragt er, wobei er die erste Silbe amerikanisch betont wie in *action,* als würde der K-Laut irgendetwas an der Herkunft des Wortes ändern.

»Es ist ein kristallklares A«, sage ich ganz ruhig. »A-k-cessoire«, und dann ziehe ich das Messer aus meiner Jeans und ramme es Benny direkt in die Stirn. Ich drücke fest zu, bis nur noch der Griff zu sehen ist, und während die Klinge in Bennys Hirn steckt, tue ich nichts, als in die erstaunten Augen zu schauen, so lange, bis sie blutrot unterlaufen und der Kopf wegknickt. Doch die Bilder verpuffen wie die Wirkung von Steffens Kokain.

»Wieso trägt Anna eigentlich keine A-k-cessoires?«, fragt Benny. »Wie Linda zum Beispiel«, und dann tut er so, als würde ihm gerade etwas einfallen, und erinnert mich daran, dass er mir die CD noch brennen wollte. »Das heißt«, sagt er, während wir vor unserer Einfahrt halten, »ich hab da noch was Neues.«

Ich steige aus.

»Das kriegst du auch«, ruft er, bevor ich die Tür zuschlage.

Durch die Fensterscheibe sehe ich, wie er seinen Mund öffnet und mit der Zunge über seine Lippen kreist.

Ich muss unbedingt noch duschen, denke ich, als ich lese, dass meine Mutter noch mal weggefahren ist, weil es Probleme mit dem Geschenk gab. Ich ziehe die Notiz von meiner Tür. Die große Runde, die ich mit Bernhard gehen soll, werde ich nicht schaffen. Maximal eine Viertelstunde, besser noch zehn Minuten, damit die Zeit für die Premierenvorbereitung nicht zu knapp wird. Meine Tissot zeigt zwanzig vor sechs. Ich gebe dem Kokain noch eine zweite Chance.

Nachdem ich die Spuren im Bad verwischt habe, werfe ich einen Blick in den Spiegel. Mein Zahn sieht nicht so schlimm aus, wie es vorhin den Eindruck gemacht hat. Aber ich gehe auf Nummer sicher und trage White Polish auf. Nachher, wenn ich zurück bin, werde ich die Behandlung ein weiteres Mal vornehmen, und das sollte den Glanz des Zahnes in den nächsten Wochen endgültig wiederherstellen: Vier Behandlungen pro Tag statt zwei, da bin ich absolut zuversichtlich. Während die Paste einwirkt, schaue ich im Hauswirtschaftsraum nach meinem Jackett. Nur wenn ich den Stoff direkt an meine Nase halte, rieche ich noch etwas Rauch. Schon mit wenigen Zentimetern Abstand wird der Geruch von dem Mandelaroma verdrängt, das die Luft im Hauswirtschaftsraum füllt. Bis wir losfahren, wird sich der Rauch vollständig neutralisiert haben, so dass ich das Jackett in meine Überlegungen für heute Abend einbeziehen kann. Zurück im Bad, spüle ich meinen Mund aus. Ganz bald wird die Verfärbung verschwunden sein.

Ich rufe Bernhard mehrere Male im Haus, bevor ich es draußen versuche. Als er auch dort nicht reagiert, weiß ich, dass er mich wie so oft provozieren will, indem er stur in der Hundehütte bleibt. Ich hocke mich vor den Eingang und klimpere mit der Hundeleine, um mich anzukündigen. Durch zwei Fliederzweige hindurchgreifend, taste ich mich langsam nach vorn, bis ich das rauhe Hartborstenfell spüre. Bernard beginnt zu knurren. Ich zögere kurz, doch dann denke ich, dass er das immer tut, nicht bei meinem Vater, aber bei mir und meiner Mutter, und bisher ist nie etwas passiert. Das Knurren wird lauter, als ich Bernhard langsam nach vorn ziehe. Ich merke die Muskelstränge in meinem Unterarm, und sogar den Latissimus spüre ich, so stark ist Bernhards Widerstand. In dem Moment, wo das Knurren in ein Bellen übergeht, zerre ich ihn aus der Hundehütte, und Bernhard verstummt sofort. Eine Sekunde lang steht er still. Auf seinem Rücken hat sich eine Fliederblüte verfangen. Sie fliegt davon, als Bernhard sich schüttelt. Dann wedelt er mit dem Schwanz und leckt mir die Hand, mit der ich ihn herausgezogen habe. Das war wieder so ein Versuch, meinen Status in Frage zu stellen. Und wieder musste er erkennen, dass ich der Stärkere bin.

Ich spüre, wie sich auf meiner Stirn Schweißperlen bilden, während wir über die Einfahrt gehen. Keine einzige Wolke schützt uns vor der Sonne, und auch unter meinen Achseln wird es trotz meines kühlenden Deos gefährlich warm. Vorn auf der Straße tritt Herr Schürrle aus dem Haus, gefolgt von seinem Golden Retriever, der nicht angeleint ist und sofort zu Bernhard läuft. Während sich die beiden beschnuppern, erzählt mir Herr Schürrle in seinem schwachsinnigen Dialekt, dass Herr Achim, der neben ihm wohnt, gestern Nacht um zehn Uhr, das betont er ganz deutlich, um zehn Uhr die Mülltonnen rausgestellt habe.

»Des isch a gnadelose Frechheit«, sagt er. Seine Frau und er seien von dem Rollen der Räder aus dem Schlaf gerissen worden, wie ein Sturmgewehr habe sich das angehört. Herr Schürrle zieht sich die Jogginghose ein Stück nach oben, lächelt mich an und versichert mir, ich würde eine weitaus bessere Erziehung genießen, als sie Herr Achim gehabt habe.

Der Golden Retriever hüpft mit den Vorderpfoten.

»Nicht jeder kann das Beste haben«, sage ich.

Herr Schürrle lächelt weiter, doch dann versucht sein Retriever, Bernhard zu besteigen. Sofort drückt Herr Schürrle seine Lippen zusammen, so stark, dass sie weiß werden und man sehen kann, wie spröde und vertrocknet sie sind. Wenn er überhaupt einen Lippenbalsam benutzt, sollte er ihn dringend wechseln, und vorher müsste er noch eine Kortisonkur machen, damit die kranke Haut abgetragen wird. Vielleicht ist da auch gar nichts mehr zu retten, weil die Kur bei ihm viel zu lange dauern würde. Irgendwann, das weiß man ja, frisst sich das Kortison in die Pigmentschicht und hinterlässt hässliche weiße Flecken, und dann muss ich an den tumorzerfressenen Rücken denken und die Laserbehandlung, für die es wahrscheinlich auch schon viel zu spät ist, und ich frage mich, wie man derart verächtlich mit seinem Körper umgehen kann. Ich verspüre den Drang, in das modernde Schwabengesicht zu spucken, in die Augen, die sich jetzt verengen, und auf die Stirn, die von scharfen Falten zerfurcht wird, aber ich schlucke den Speichel runter.

»Balou«, zischt Herr Schürrle, und als der Retriever auch auf sein scharfes »Pfui!« nicht hört, greift er nach dessen Halsband und zerrt ihn weg.

Der Retriever jault kurz auf, bevor er erneut zu Bernhard will. Herr Schürrle wünscht mir einen guten Tag.

»So a schees Wetter«, sagt er, jetzt wieder lächelnd.

Er schiebt seinen Hund ein paar Meter die Straße runter, bevor er ihn in sicherer Entfernung frei laufen lässt. Ich schaue ihm nach.

Und dann will ich hinterhergehen, doch bereits nach einem Schritt spannt sich die Leine. »Komm schon«, sage ich.

Bernhard reagiert nicht. Wahrscheinlich hat er eine Katze gesehen oder irgendein anderes Tier, jedenfalls wird Herr Schürrle immer kleiner, und als er in einer Seitenstraße verschwindet, lasse ich von ihm ab. Ich beuge mich zu Bernhard runter, und da merke ich den Druck auf meinen Backenzähnen. Ich muss sie schon seit einer ganzen Weile gegeneinanderpressen, wie eine Maulsperre fühlt sich das an. Langsam lockere ich meine Kiefermuskulatur, während ich Bernhard den Kopf tätschle. Ich folge seinem Blick zum anderen Ende der Elisastraße. Ein junger Schäferhund tapst in unsere Richtung. Er wedelt aufgeregt mit dem Schwanz und zerrt an der Leine. Als ich sehe, wer die Leine hält, überlege ich, auf unserer Einfahrt zu verschwinden, aber Emmy hat mich längst entdeckt.

22

Max sei gerade vier Monate alt, sie hätten ihn gestern erst geholt. Emmy schaut auf die Hunde. »Seine Pfoten sind noch viel zu groß für ihn«, lacht sie, »er läuft ganz komisch.«

Mir gelingt ein ungezwungener Tonfall. »Typisch in dem Alter«, sage ich. Auch Max' Ohren wachsen viel schneller als der Rest des Körpers.

Emmy nickt erst, doch dann hält sie inne. Ich will ihr zuvorkommen und irgendetwas über die Unvereinbarkeit von lateinamerikanischen Tänzen und Walzer sagen, aber mir fällt nichts Adäquates ein. Ich schaue ihr nur stumm in die Augen und höre, wie sie fragt, ob wir am Anfang oder am Ende unserer Runde seien und ob wir nicht zusammen gehen wollen. Ich bin mir nicht sicher, was ich antworten soll. Gestern im SmartFit hat sie sich so unbeholfen wie immer verhalten, doch vielleicht weiß sie mittlerweile um ihre Schwächen und arbeitet daran, denn wenn sie jetzt den Tanzkurs umgeht, könnte das ein Zeichen für einen ersten Souveränitätsgewinn sein. Auch dass sie überhaupt im SmartFit trainiert, ist ja ein Indiz für ihren Willen, sich zu steigern. Die ängstliche Sportkleidung wird sie ablegen, sobald sie sich an das Studio gewöhnt hat. Das dünne Kleid, das sie heute trägt, lässt erahnen, welches Potenzial in ihrem Körper steckt, und weil ich solch positive Entwicklungen gern unterstütze, sage ich: »Klar, wir gehen gerade los.«

Bernhard und Max sind nicht leicht zu halten, weil sie sich ständig gegenseitig animieren und versuchen, vor dem anderen wegzurennen. Bei einem größeren Grundstück markiert Bernhard den rustikalen Holzzaun. Während Max es ihm nachtut, merke ich, dass Emmy schmunzelt. Offenbar hat sie schon ein sehr gutes Gespür.

»Ja«, sage ich, »hier haben wir einen schlimmen Stilbruch.«

Die Garage hinter dem Zaun ist altrosa, genau wie das Haus weiter hinten und wie das Hemd des Mannes, der im zweiten Stock auf der Balkongalerie Zeitung liest. Das gusseiserne Geländer passt durchaus zu dem Farbton und unterstreicht den mediterranen Touch des Anwesens.

»Über die Farbe mag man streiten«, erkläre ich. »Aber dieser Holzzaun ist so deutsch, das hat mit Italien überhaupt nichts zu tun.«

Emmys Schmunzeln weicht aus ihrem Gesicht. Stattdessen schaut sie mich skeptisch an. Eine ganze Weile tut sie das, bis wir weitergehen. Dabei fixiert sie mich nach wie vor aus den Augenwinkeln, und ich glaube, sie will mir irgendetwas sagen, aber sie traut sich noch nicht. Vielleicht hat sie ihr Gespür doch in die falsche Richtung geleitet, und jetzt, wo ich ihr den Stilbruch erklärt habe, versucht sie, den Satz, den sie im Kopf hatte, umzuformulieren und meiner Meinung anzupassen. Genau das scheint Emmy nun zu gelingen, denn sie fängt wieder an zu lächeln.

Gestern beim Familienabend, sagt sie, hätten sie *Corpse Bride* gesehen. Emmy beißt sich auf die Lippen. »Du siehst ein bisschen aus wie Victor. Die Hauptfigur.«

Das Thema mit einem Kompliment zu wechseln, ist ein netter Versuch, die eigene Hilflosigkeit zu kaschieren. Ich fahre mit der Zunge durch meine Mundhöhle. Aber ich bin mir nicht sicher, was ich davon halten soll, mit einer Marionette verglichen zu werden. Mein Mund fühlt sich an wie nach einem Schluck besonders trockenen Rotweins. Ich hätte eine Flasche Wasser mitnehmen sollen. Bernhard macht wieder einen Satz nach vorn, und diesmal ziehe ich ihn ruckartig zurück. Es scheint ihm ganz egal, dass sich das Halsband um seine Kehle schnürt. Je stärker er sich sträubt, desto bestialischer hört sich das Röcheln an, mit dem er nach Luft ringt, und dann habe ich genug.

»Schluss jetzt«, rufe ich ein wenig zu scharf, denn Emmy verzieht das Gesicht. »Vielleicht«, sage ich, »sollten wir die beiden laufen lassen.« Ich gehe zu Bernhard in die Knie. Ich blinzle in die Sonne. Meine Stirn fühlt sich heiß an. Ich überlege, ob sich neue Schweißflecken auf meinem Rücken gebildet haben, und achte darauf, sie vor Emmy zu verbergen. »Wirklich«, fahre ich fort, »das ist gut für die Entwicklung.« Ich erkläre ihr, dass Bernhard ja dabei sei und sich junge Hunde stets an die älteren halten würden.

Sie scheint immer noch nicht überzeugt, aber da habe ich die Leine schon gelöst, und Bernhard rennt die Straße entlang. Er verschwindet zwischen den parkenden Autos, rauscht jedoch sofort zurück, um sich auf Max zu stürzen. Staub wirbelt vor uns auf.

»Mach schon«, sage ich, und dann lege ich meine Hand auf den Hals von Max, und endlich lenkt Emmy ein.

»Okay«, antwortet sie und löst die Leine selbst.

Ich richte mich wieder auf. Zusammen beobachten wir Bernhard und Max, die die Straße rauf- und runterrennen. Max fehlt es noch an Dynamik und Reaktionsfertigkeit.

Bernhard kommt mit einfachen Körpertäuschungen immerzu an ihm vorbei.

»Wir müssen da lang«, sagt Emmy, auf die geradeaus führende Straße der Kreuzung deutend.

Nachdem ich das dritte Mal gerufen habe, trottet uns Bernhard langsam entgegen, bleibt zwischendurch bei einem Auto stehen, als hafte dort ein wirklich interessanter Geruch an dem Reifen, folgt meinem Ruf letztlich aber doch, weil er weiß, dass es zwecklos ist, sich mir zu widersetzen. Max läuft hinter ihm her, und ich lasse Emmy in dem Glauben, er würde auf ihr Kommando hören. Mit angelegten Ohren setzt sich Bernhard vor uns, und ich bemerke, wie Emmy mich anblickt, ich spüre dieses Verlangen nach mir. Vielleicht hat sie den *Corpse Bride*-Vergleich gar nicht so gemeint, und ihr fehlt einfach noch das Feingefühl, das man braucht, um Komplimente zu formulieren. Immerhin ist Victor an Johnny Depp angelehnt. Zwei BMW passieren die Kreuzung und steuern Richtung Marthasiedlung. Ich mache einen Schritt auf Bernhard zu und lege ihm die Leine an. In mittelbarer Zukunft könnte tatsächlich mit Emmy zu rechnen sein, denke ich, als mir bewusst wird, dass ich mit dem Rücken direkt vor Emmy stehe. Viel zu hastig gehe ich zurück. Dabei zerre ich Bernhard fast von den Beinen. Er jault auf, und Max beginnt zu kläffen. Ich bin mir nicht sicher, ob Emmy die Schweißflecken gesehen hat.

»Max«, lacht sie, »komm her.«

Aber Max tippelt nervös auf der Stelle und bellt, und ich verstehe gar nicht, was er hat. Ich versuche, ihn zu beruhigen, indem ich ihn am Hals packe und meine Finger in sein Fell kralle, doch er will nicht stillhalten. Er schnappt mehrmals nach meinem Arm, bis er es schafft, sich von mir loszureißen, und dann springt er nach hinten und rennt davon, und Emmys Schrei durchschneidet das Quietschen der Räder.

»Fuck, fuck, fuck.« Der Mann, der aus dem Mercedes steigt, zieht sich das weiße Leinenjackett aus, wirft es auf den Fahrersitz, hält sich die Hand an die Stirn, murmelt nochmals: »Fuck.«

Max humpelt um das Auto herum, über die zwei dunklen Streifen, die sich ein paar Meter hinter dem Mercedes die Straße entlangziehen, schließlich hinkt er zu uns, und Emmy, die leichenblass ist, löst sich aus ihrer Starre und leint ihn an. Max leckt sich winselnd das vordere Bein, das vielleicht etwas schief steht, und ich habe Mühe, Bernhard festzuhalten, weil er sich nicht entscheiden kann, ob er zu Max rennen will oder zu dem Mann.

»Ihr müsst doch aufpassen«, sagt der, und als er sich über die nach hinten gegelten Haare fährt, erinnere ich mich, woher ich ihn kenne.

Wie in einem Film sehe ich ihn plötzlich im Foyer des SmartFit sitzen, vor ihm der große Flatscreenfernseher, auf dem die French Open laufen, und die Kamera zoomt langsam auf den Bildschirm, bis man nur noch das Match sieht, in dem Nadal einen scharf geschnittenen Aufschlag spielt, der Federer weit nach außen zieht, und gerade als Nadal den Ball volley nimmt, um ihn ins leere Feld zu jagen, folgt ein Cut, und ich habe wieder die Straße mit den Bremsspuren vor mir und den Mercedes und den Kunden von Bennys Vater, der sich jetzt die Stoßstange anschaut und dann einen Blick auf Max wirft.

»Cool bleiben«, sagt er, »bisschen Gummi auf dem Asphalt gelassen, das ist alles.« Dabei knöpft er die Ärmel seines Hemdes auf, »kleiner Schaden am Wagen«, streift sie nach oben, »kleiner Schaden am Hund«, lässt die Sonne auf sein Handgelenk scheinen, »nichts Ernstes passiert«, auf sein Handgelenk und auf die Glashütte, die dort wie ein polierter Edelstein glänzt. »Ihr fahrt zum Tierarzt, ich zur Werkstatt«, sagt der Mann, »we're even«, aber ich kann mich nicht von der Uhr loseisen.

Mein Blick klebt an ihr, an dem versilberten Gehäuse, an dem braunen, fein strukturierten Lederband, und ich sehe sie noch vor mir, als der Kunde von Bennys Vater sich längst abgewendet hat, als er bereits in seinem Mercedes sitzt und davonfährt, und wie ferngesteuert hebt sich mein Arm, durch die Glashütte schimmert meine Tissot hindurch, der unpräzise Sekundenzeiger, der jeden Anstrich um einen halben Millimeter verfehlt, gerade überholt er den Minutenzeiger, und der Minutenzeiger rückt näher an die Vier heran, bildet einen rechten Winkel mit dem Stundenzeiger, der schon deutlich hinter der Sechs steht, »Emmy«, sage ich, »ich habe diese Premiere«, und kurz darauf höre ich Emmys Stimme.

»Leo.«

Mehr nicht. Einfach nur »Leo«, und es ist nicht der Name, der meinen Gang lähmt, nachdem ich mich umgedreht habe, es ist dieser seltsam körperlose Ton, als würde Emmy für einen Moment alles um sich herum vergessen, als würde sie nur mich sehen, wie ich schon halb auf dem Weg bin. In ihrer Stimme liegt kein Vorwurf, keine Enttäuschung, nicht einmal Angst davor, von mir alleingelassen zu werden, ihre Stimme drückt die reinste Ungläubigkeit aus. Etwas in mir will, dass ich kehrtmache, meinen Arm um Emmy lege und ihr versichere, so bin ich nicht, ich bleibe hier und helfe dir, doch der Gedanke, Emmy jetzt noch ins Gesicht zu schauen, ist so unerträglich, dass ich meine Hände fester um die Leine spanne und mich zwinge, einen Fuß vor den anderen zu setzen.

Bernhard winselt, und meine Mutter, die unter dem Carport etwas aus dem Kofferraum des Mini One holt, wendet sich zu uns. Ich kann ihre Augen hinter der Sonnenbrille nicht erkennen, ihr Mund deutet ein Lächeln an. Sie müsse das Geschenk noch einpacken, in einer Viertelstunde komme das Taxi. Unter dem Arm hält sie ein großes in Papier gewickeltes Quadrat. Mit der freien Hand streichelt sie Bernhard, der an ihr hochspringt.

»Seid ihr so knapp zurück?«, fragt sie.

»Hab nicht aufgepasst«, sage ich.

Meine Mutter schiebt ihre Sonnenbrille auf den Kopf.

»Wir haben unterwegs jemanden getroffen. Ich meine, ich hätte auf die Zeit achten müssen.« Ich wiederhole den Satz in meinem Kopf. Ich hätte auf die Zeit achten müssen. Ich hätte auf die Zeit achten müssen. Ich hätte auf die Zeit achten müssen, und endlich dringt die Bedeutung zu mir durch: Ich besuche gleich die Premiere meines Vaters. Ich war zu lange weg. Und nun heißt es, so gut wie möglich vorbereiten, ohne Dusche, denn dafür ist es zu spät.

23

Ich hole das Armani-Jackett aus dem Hauswirtschaftsraum und hänge es in meinem Zimmer an den Kleiderschrank. Es riecht frisch und kein bisschen nach Rauch. Ich ziehe mein Shirt aus und betrachte abwechselnd mich und das Jackett. Auch wenn ich es nicht anhabe, sieht man, dass es mir passt wie keinem Zweiten. Paul ist im Bauchbereich zu breit für die athletischen Sondergrößen, und Benny hat zu kurze Arme. Eine Weile stehe ich so vor dem Spiegel, bis mein Blick auf meine Augen fällt. Die Pupillen sind geweitet. Ich spüre ein dumpfes Gefühl im Magen, irgendetwas, denke ich, ist da noch, das mich stört, und je länger ich mich anschaue, je länger ich in die dunklen Pupillen gucke, desto unheimlicher wird mir, und dann höre ich das Quietschen der Autoreifen, und der Mercedes blitzt vor mir auf, hinterlässt schmierige Spuren, und die Spuren sind nicht schwarz, sondern rot, blutrot, und Max humpelt nicht vorn um das Auto herum, nein, er ist nur noch das, was dort unter den Rädern hängt, ein vollkommen entstellter Fellklumpen, und dieser Klumpen winselt mich an. Vorsichtig, ganz vorsichtig gehe ich in die Knie. Wie in einem Standbild sehe ich jetzt den Kunden von Bennys Vater auf den Kadaver zeigen, während Emmy hilflos danebensteht, und ich muss mich wahnsinnig anstrengen, damit die Szene verschwimmt. Der Mann in seinem weißen Anzug wird unscharf, Spiegelwände bilden sich, und mit einem Mal ist da ganz deutlich Anna. Erst lächelt sie mich an, aber schließlich verzieht sie ihr Gesicht, immer stärker, bis sich ihre Lippen zu einem lautlosen Schrei formen. In ihrem Mund wächst ein großes schwarzes Loch, und dann reißen die Mundwinkel, und in diesem Augenblick stehe ich auf.

New model, schreibt Benny. *PARTY 2NIGHT*. Auf dem angehängten Foto grinst er, als sei er unmittelbar davor, eine Line zu ziehen. Die neue Sonnenbrille, die er trägt, sieht aus wie die alte, nur die silberne Aufschrift hat sich geändert. Statt *Gucci* steht *D&G* auf dem linken Bügel, genau an derselben Stelle, als sei es dasselbe Gestell, als würde es überhaupt keinen Unterschied machen, dass er sein altes Modell verloren hat, und plötzlich kommt mir alles völlig beliebig vor, als gäbe es nichts so Unwichtiges wie diese Party heute Abend, und ich spüre einen unendlichen Widerwillen, auf Bennys SMS zu reagieren. Ich könnte Emmys Nummer in der Jahrgangsliste suchen, mich auf der Fahrt zur Premiere bei ihr entschuldigen und nach Max fragen, wie es ihm geht, was der Tierarzt gesagt hat, und später schaue ich einfach meinem Vater zu, rede hinterher ein bisschen mit meiner Mutter und mit Frau Panzner über das Vorsprechen und wie es jetzt weitergeht, und irgendwann nachts sitze ich dann wieder hier, etwas angetrunken und allein mit mir selbst, und ich werde darüber nachdenken, über mich und die Rolle, die ich spielen könnte, darüber, was *mich persönlich* interessiert. Ich betrachte Bennys Foto, die feuchte Unterlippe, die neue Sonnenbrille. Es ist mein Vorsprechen, werde ich denken, mein Monolog. Es ist meine Bühne. Und dann spüre ich ein Zittern der Lippen, ein unkontrolliertes, flattriges Zittern, und ich kann nicht anders, ich fange an zu lachen. Ich versuche, mich zu beruhigen, versuche, die Lippen zu schließen, doch kaum dass ich es schaffe, schießt es abermals aus mir heraus, scharf und tonlos, und dann gebe ich auf, mich zu beherrschen, und stehe einfach nur da, mit dem iPhone in der Hand, und lache. Und dabei sehe ich meinen Daumen über den Touchscreen wandern. Langsam formt sich ein Satz, und während der Daumen die Buchstaben tippt, entsteht etwas in mir, das sich wie ein Entschluss anfühlt, und ich denke, dass Benny mir gar nichts kann, weil er zu schwach für mich ist, und der Satz lautet: *Pass auf, dass du sie nicht wieder verlierst.*

In meinem Zimmer suche ich nach einem Hemd und einer Anzughose zu meinem Armani-Jackett. Nachdem ich das komplette Outfit an meinen Kleiderschrank gehängt habe, gehe ich in die Etage meiner Eltern. Ich öffne die Tür zwischen Bad und Schlafzimmer und schalte das Licht an. Dann begebe ich mich in den Kleiderschrank meines Vaters. Ich laufe die linke Wand ab, wo die Anzüge auf einer Stange aufgereiht sind, lasse die Weißtöne hinter mir, die grauen und beigen Varianten und finde schließlich im letzten Drittel den Anzug mit den dünnen roten Streifen. Er ist viel dunkler, als ich dachte. Die Streifen bemerkt man wirklich erst auf den zweiten Blick. Außerdem gehört ein schwarzes Hemd dazu, das ich völlig vergessen habe. Ich stelle mir vor, wie ich aus einer dunklen Ecke langsam hervorkomme. Man sieht mich nicht, bis ich unmittelbar ins Licht trete, und ich weiß, dass die Momente mir gehören werden, in denen alle denken, niemand sei da, denn dort, wo sie nichts erwarten, werde ich sein.

»Das Taxi kommt gleich«, sagt meine Mutter.

Sie steht im Flur und mustert die beiden Outfits, die an meinem Kleiderschrank hängen. Das Armani-Jackett hat keine Chance. Mein iPhone vibriert auf dem Tisch zwischen Sofa und Flatscreen.

»Der Anzug steht dir bestimmt, dein Vater trägt ihn sowieso kaum.«

Ich öffne die SMS. *Works,* schreibt Benny, mit einem zwinkernden Smiley dahinter und einem Foto, auf dem er und Linda in seinem Zimmer sitzen und Kawumm rauchen. Linda trägt Bennys Sonnenbrille. Benny scheint sein Pulver verschossen zu haben. Sicher schickt er gleich noch ein Bild mit Marie hinterher.

»Wie war's eigentlich bei Frau Panzner?«, fragt meine Mutter, wiegelt dann jedoch ab. »Erzähl's mir im Taxi.«

Ich hebe den Blick vom Screen und schaue meine Mutter an. Sie trägt ein elegantes olivgrünes Abendkleid, dazu eine nudefarbene Handtasche, nudefarbene Schuhe, deren Absätze nicht zu hoch, aber auch nicht zu zurückhaltend wirken, und die dezente silberne Kette, die mein Vater ihr aus Italien mitgebracht hat. Ich senke das iPhone, bis mein rechter Arm genauso schlaff nach unten hängt wie der linke. Ich vermeide es, meiner Mutter direkt in die Augen zu gucken. Ich weiß, dass ich sehr betroffen aussehe.

»Mum«, sage ich, »ich glaube, ich kann nicht mit.«

Ich schildere ihr, wie ich Max an der Kreuzung festhalten wollte. »Die Straße hat ihn so nervös gemacht«, sage ich. »Emmy war total überfordert.«

Meine Mutter kommt ins Zimmer.

»Aber ich habe ihn nicht mehr erwischt«, fahre ich fort. »Er ist einfach losgerannt, und dann … dieser Mercedes.

Mit vollem Tempo.« Kopfschüttelnd füge ich hinzu: »Sie haben Max doch erst seit gestern.«

Meine Mutter streicht mir über den Oberarm.

»Es hat nicht viel gefehlt«, sage ich, spüre, wie sich die Hand immer weniger bewegt, bis meine Mutter sie nur noch reglos auf mir ruhen lässt.

»Es ist also nichts geschehen?«

Ich zucke schwach mit den Schultern. »Der Mercedes hat ihn angefahren«, erwidere ich. »Sein Bein.« Ich sage, dass ich Max schon unter dem Auto gesehen habe, zwischen den Reifen, voller Blut, da unterbricht mich meine Mutter.

»Es ist nur das Bein, Leo. Es hätte schlimmer kommen können.« Die Hand auf meinem Oberarm bewegt sich wieder. »Und wie geht es Emmy?«

Sie habe sich gleich um Max gekümmert, antworte ich und füge hinzu: »Ich fühle mich so machtlos. Ich konnte es nicht verhindern.«

Meine Mutter bleibt eine Weile still. »Du stehst unter Schock«, sagt sie schließlich. »Ist doch klar.« Ich solle auf jeden Fall zu Hause bleiben und mich ausruhen, auch mein Vater hätte sicher Verständnis dafür. »Leg dich am besten ein bisschen hin, okay?«

Das Intro von *Breaking Bad* setzt ein.

»Hier, die lass ich dir da.« Meine Mutter greift in ihre Handtasche und reicht mir ein kleines Fläschchen. »Drei bis vier Tropfen auf die Zunge«, erklärt sie. »Das sind Bachblüten, die beruhigen ein bisschen.«

Ich stelle mich in die Tür, während meine Mutter zurück auf den Flur geht.

»Du kannst die Tropfen alle Viertelstunde nehmen, wenn du sie brauchst. Es schadet auf jeden Fall nicht.« Sie greift nach dem Quadrat, das jetzt in mattsilbernes Geschenkpapier gewickelt ist, öffnet die Haustür und dreht sich noch einmal zu mir um. »Ich versuche nachher, nicht so spät zu kommen, ja?«

»Ja«, erwidere ich. »Toi, toi, toi.«

Ich vergaß, dass mein Bruder uns besucht. Lasst es krachen, so wie gestern. Mir ist noch ganz schummrig. Der Smiley, den Marie hinter ihre Absage gesetzt hat, streckt die Zunge raus, seine Pupillen drehen sich im Kreis. Ich klicke auf *Gefällt mir,* klappe das Notebook zu und hebe es vom Schoß auf meinen Sofatisch, nachdem ich die Bachblüten dort beiseitegeschoben habe. Bis die Party in Gang ist, bleibt mir noch über eine Stunde, genug Zeit, um mich in aller Ruhe vorzubereiten. Ich lege eine Line auf dem Notebook. Ich ziehe sie und sinke zurück in das weiche Leder. Mein Blick fällt auf den Flatscreenfernseher, der mich spiegelt. Ich erkenne nur meine Umrisse. Ich lächle mir zu, aber das Lächeln sieht man nicht, weil innen alles schwarz ist.

24

Baalberg«, sagt der Taxifahrer, nachdem ich eingestiegen bin. Habe er schon mal gehört. Er schaut mir über den Rückspiegel ins Gesicht. »Darf ich fragen, wo?«

Ich betrachte sein weißes Poloshirt, die grüne Schrift, die auf dem Kragen kaum zu entziffern ist, und ich muss an meinen Großvater denken. Ich sehe ihn neben mir sitzen und hilflos auf seinem Gamepad rumdrücken, während immer wieder meine Spielfigur beim Jubeln gezeigt wird: Matt, mit dem ich im Single Player Mode die World Tour durchlaufen habe, bis ich zur Nummer eins der Weltrangliste wurde. Er trug das gleiche weiße Poloshirt, und auf dem Kragen war eine Inschrift eingezeichnet, die man im Spiel nicht lesen konnte, weil die Grafik noch zu schlecht war. Erst später habe ich entdeckt, dass man bei der Spielerauswahl auf Details zoomen kann. Auf den Schläger zum Beispiel, auf das Gesicht und eben auch auf die Inschrift des Kragens. *Designed to win*, stand dort, und tatsächlich habe ich mit Matt nie verloren. Der Taxifahrer startet den Motor. Ich habe in meiner Karriere oft versucht, das perfekte Match zu bestreiten, und gegen meinen Großvater ist es mir ein Mal gelungen.

»Sie müssen mir nicht sagen, woher ich Ihren Namen kenne. Aber wo soll's denn hingehen?«

Seine Daumen waren so dick, dass er ständig alle Knöpfe

gleichzeitig drückte. Manchmal brachte er zufällig ein paar Bälle zurück, und ich wurde irgendwann doch unkonzentriert, und deshalb konnte er immer auch ein paar Ballwechsel für sich entscheiden. In *dem* Match aber habe ich vom ersten bis zum letzten Aufschlag mit größter Disziplin gespielt. Am Ende musste ich nicht einen einzigen Punkt an meinen Großvater abgeben.

»Baalberg kennen Sie aus dem Fernsehen«, sage ich. »Und wir fahren zum Motorjachtclub am Wannsee.«

Nachdem wir von der Avus wieder runter sind, richte ich den Kragen meines Jacketts. Wir passieren den S-Bahnhof und die Brücke über der Schneise zwischen Kleinem und Großem Wannsee, von der aus man schon den Jachthafen sieht. Keine Minute später biegen wir von der Hauptstraße ab. Noch während das Taxi auf das Tor zurollt, höre ich den dumpfen Bass aus dem Clubhaus. Ich reiche einen Zehner nach vorn und steige aus. Ein paar Leute stehen unten auf dem Ufersteg, der im Halbdunkel liegt, weil die Außenbeleuchtung nur einen matten Lichtschein wirft, in dem die Leute so konturlose Gesichter haben wie in einem schlechten Videostream. Ab und zu glimmt ein roter Punkt vor einem Gesicht auf, aber ich erkenne kein einziges. Ich zünde mir eine Zigarette an. Nach einer Weile schlendert die Gruppe den Weg hoch zum Clubhaus, und als sie darin verschwindet, stoße ich das Tor auf, das Benny auf unlocked programmiert hat. Neben dem Kieselsteinweg stehen tatsächlich ein paar Fahrräder. Für die Leute, die damit gekommen sind, ist die Party bereits beendet, denn den Schweiß der sicher einstündigen Fahrt werden sie im Verlauf des Abends nicht mehr los. Ich nehme einen letzten Zug. Einige hatten sowieso nie eine Chance, denke ich, während ich an Rolands Fahrrad vorbeigehe. Ich schnippe die Kippe beiseite, betrete das Clubhaus und halte inne. Unwichtige Menschen sitzen auf den Bankgarnituren, die den Floor einrahmen wie eine Arena. Der Saal ist noch voller als die Villa gestern. Das Licht wurde gedimmt, nur vor der Bar ist es hell. Es läuft »Swimming Pools (Drank)«, und in der Mitte sehe ich Benny und Linda. Neben ihnen tanzt Roland mit Pia. Langsam gehe ich über die dunklen Dielen zur Bar. Es dauert einen kurzen Moment, dann erreiche ich das Licht. Wie in einem Crashzoom ziehe ich die Blicke aller Anwesenden auf mich. Niemand hat mit mir gerechnet, doch jetzt bin ich da, jetzt trete ich aus dem Dunkeln ins Licht. Hinter der Bar starrt mich Paul an.

»Cool«, sagt er, »ich dachte, du kannst nicht.«

Ich schaue zum Floor und nicke. »Es ist alles okay. Hier bin ich.«

Benny trägt immer noch seine Dark-Denim-Jeans. Nur das weiße Hemd hat feine Längsstreifen bekommen und beißt sich mit dem karierten Cowgirl-Top von Linda, die sich mit dem Rücken an Benny schmiegt. Benny streift Lindas Haare beiseite, legt seinen Kopf auf ihre Schulter und drückt ihr seine Bierflasche an die Lippen, aber Linda verschluckt sich, weil ich plötzlich vor ihr stehe. Missmutig löst sie sich aus Bennys Umklammerung.

»Schade, dass Marie ihren Bruder *vergaß*«, rufe ich.

Benny tut so, als würde er seine neue Sonnenbrille justieren, die er auf den gegelten Haaren trägt, dabei verschiebt er sie um keinen Millimeter.

»Two's better than one«, füge ich hinzu, da weicht Linda ein paar Schritte zur Seite, weil sich Benny zu mir beugt.

»Was machst du hier?«, fragt er, und dann spüre ich

seine Hand auf meiner Brust. »Wolltest du nicht zu deinem Dad?«

Ich hebe meinen Blick und schaue Benny ins Gesicht. Sechs, sieben Sekunden lang fixiere ich seine aufgeschwemmten Pupillen, und Benny guckt zu Boden, als würde ich eine Kamera mit grellem Vorblitz auf ihn richten.

»Ich gehe in die zweite Vorstellung oder die dritte«, erwidere ich. »Freust du dich nicht, mich zu sehen?«

Jetzt schaut Benny wieder auf. »Klar«, sagt er. »Ich hoffe, deine Show geht noch weiter. Anna ist übrigens auch hier«, und dann werden Benny und ich aneinandergedrückt, weil Steffen seine Arme um uns legt.

»Kleine Begrüßungsrunde für Leo?«, fragt Steffen, tippt gegen unsere Nasen und schiebt uns vom Floor.

Benny hat einen blinden Fleck auf dem Rücken. Dort wo sein Latissimus in den Lendenbereich übergeht, ist sein Hemd so schweißgetränkt, dass die Streifen nicht mehr sichtbar sind. Wie ein Loch wirkt das, und das Loch verrät seine Selbstüberschätzung, die sich mit jedem Kilo mehr auf der Hantelbank weiter ausdehnt, weil Benny Kraft mit Körperbewusstsein verwechselt. Er mag noch so viele Gewichte stemmen, das Gefühl für den eigenen Körper ist ihm nicht angeboren, und er registriert nicht, wie sehr er schwitzt, geschweige denn, dass er solche Mechanismen kontrollieren kann. Das Hemd rutscht ein Stück nach oben, als wir uns im Nebengang vor das Bad stellen und Benny an die Tür klopft. Der Abdruck seines Gürtels sieht aus wie ein grotesker Querstreifen und führt das Design des Hemdes vollends ad absurdum. Benny klopft ein weiteres Mal, und da öffnet sich die Tür. Emmy trägt eine dünne Bluse über einem kurzen Sommerrock, dazu hohe Absätze, auf denen sie sich nur mit Mühe halten kann. Sie schwankt aus dem Bad auf die gegenüberliegende Tür zu und hält sich an der Klinke fest. Würde die Tür nach innen öffnen, wäre Emmy längst in das Zimmer gefallen, so bleibt sie stehen und nimmt mich wahr.

»Du«, sagt sie. »Du …« Der Rest mündet in unverständlichem Nuscheln.

Mir gelingt es nicht zu lächeln. Wie erstarrt liegen meine Lippen aufeinander. Ich höre Steffens Stimme aus dem Bad. Emmy drückt sich von der Tür weg und stolpert auf mich zu. Ich halte sie an beiden Armen fest. Vorsichtig versuche ich, sie in Richtung Saal zu schieben. Emmy macht einen Schritt und noch einen, und dann lasse ich los, und tatsächlich stapft sie davon. Ungelenk, aber zielstrebig wie eine aufgezogene Puppe.

»Leo«, ruft Steffen, »das Buffet ist eröffnet.«

»Sometimes you gotta go low.« Benny steht vor dem Waschbecken und zieht eine Line vom Rand. »Dafür hast du die sicher.« Zwischen Zeige- und Mittelfinger streckt er mir einen zusammengerollten Zehner hin. »Aber jetzt komm doch erst mal an, Leo.«

Ich gehe auf Benny zu.

»Um Emmy kannst du dich später kümmern«, sagt er. »Die läuft dir nicht weg. Keine Angst.«

Ich will nach seiner Hand greifen, als Steffen gegen den Goldrahmen des Spiegels pocht.

»So macht man das«, sagt Steffen, fährt mit dem Finger den Wasserhahn entlang und erklärt, dass sogar das Clubhaus hochwertiger sei als die Villa.

Benny nimmt seine Hand zurück und überlegt. Er glaube, sich an ein Bild von gestern Abend zu erinnern. Eine bröselige Stelle neben dem Spiegel im Bad. Ob wir die auch gesehen hätten?

»Jap«, antwortet Steffen. »Unübersehbar. Würde mich nicht wundern, wenn sich hinter dem Spiegel noch viel Schlimmeres verbirgt. Wahrscheinlich«, fährt er fort, »wollte Pauls Vater das ganze Loch abdecken, und bei dem Spiegel hat er sich dann wieder verschätzt.«

Benny schmunzelt. »Nicht mal das kriegt Pauls Vater hin. If you gotta cheat, cheat well at least«, sagt er, und da ziehen sich auch meine Mundwinkel nach oben.

Dass es Pauls Vater nach der Berufung zum Chefarzt nicht geschafft hat, die Villa angemessen zu renovieren, zeigt, wie sehr er sich beim Kauf hat täuschen lassen. Dass er mit einem Spiegel, dessen Rahmen aus falschem Gold besteht, die Mängel verdecken will, offenbart aber erst seine ganze Verzweiflung.

»Wie auch immer«, fügt Benny hinzu. Er würde sich von vornherein keine Attrappen verkaufen lassen, und dabei klingt er genauso wie damals, als ich, ein paar Tage nachdem er mir *2001* gegeben hatte, zu ihm kam und erzählte, Paul sei der Meinung, Dr. Dre kopiere Too Strong. Natürlich war es umgekehrt, und Benny brauchte nicht lang, um mich davon zu überzeugen. »Manchen Leuten fehlt da einfach das Gespür«, sagte er, und in dem Moment wusste ich, dass ich zu den Menschen mit Gespür gehöre, zu denen, die den Unterschied erkennen zwischen echter Qualität und scheinbarer Qualität und die den Schein niemals für sich gelten lassen.

»Kein Wunder, dass Paul öfter mal danebengreift«, sage ich. »Von seinem Vater lernt er das ja nicht anders«, und dann nehme ich Benny den Zehner aus der Hand und ziehe eine Line.

Während sich Paul in seinem späteren Leben mit wichtigen Entscheidungen schwertun wird, werde ich mich auf das präzise Auge verlassen können, das ich unter meinem Vater entwickelt habe. Ich sniffe nach und reiche den Schein an Steffen weiter. Steffen zieht den Rest, bevor er den Rand des Waschbeckens mit etwas Wasser säubert. Als er sich wieder aufrichtet, schaut er mich an.

»Wie war eigentlich der kleine Upper?«, fragt er.

Ich wende mich ab und gucke in den Spiegel.

»Leo?«

Ich streiche mit dem Finger über meine Nase, die völlig sauber ist.

»Du weißt doch, die Kapsel, die ich dir gestern gegeben habe.«

Benny legt die Stirn in Falten: »Welche Kapsel?«

Steffen entgegnet, dass er mir ein nettes Geschenk gemacht hätte. »Liquid Ecstasy«, sagt er.

»Ecstasy«, wiederholt Benny.

»Sehr angenehmes High«, verrät Steffen, »aber anscheinend hat Leo das Geschenk nicht aufgemacht.«

Benny fixiert mich über den Spiegel. Ich merke, dass ich mit den Zähnen knirsche, versuche, meinen Kiefer ruhig zu halten.

»Hast du sie mir nicht sogar gezeigt?«, sagt Benny. »Das ist auch so ein Bild von gestern, wie du mir deine Hand hinhältst.« Er überlegt eine Weile, reibt sich dann den Nacken. »Man, I don't remember shit.«

Jetzt drehe ich mich zurück in den Raum. »Ich wollte sie mit dir teilen«, antworte ich. »Aber du warst schon ziemlich drüber.«

Bevor wir aus dem Bad gehen, fragt mich Benny, ob ich die Outdoor-Couch schon gesehen hätte.

»Ist wirklich ganz nett«, sagt Steffen. Er werde nachher auf jeden Fall draußen sitzen. Jetzt sollten wir ihn entschuldigen, er habe gleich eine kleine Verabredung. Steffen grinst über den rechten Mundwinkel, öffnet die Tür und verschwindet.

»Vor der Kabine?«, frage ich, und Benny antwortet, dass man sogar noch einen Tisch dazusetzen könne.

Wir gehen zurück in den Saal und ordern zwei Rum-Cola bei Paul, der heute mit der um den Kragen seines karierten Flanellhemds gebundenen Fliege endgültig den Eindruck eines Butlers mit Sternchenabschluss macht. Fehlt eigentlich nur noch, dass er sich schwarz anmalt.

»Classy«, sage ich, und Paul erwidert, die Fünfziger seien wieder im Kommen.

»Du fährst schon die Jacht nachher«, wendet sich Benny an ihn. »Du musst nicht die ganze Zeit hier rumstehen.«

Paul reicht uns die Drinks, und als ich mein Glas ansetze, fühlt sich mein Mund trocken an, und ich nehme gleich mehrere Schlucke hintereinander. Er werde während der Fahrt höchstens ein oder zwei Bier trinken. Anschließend habe er sich aber auf jeden Fall ein paar Drinks mehr verdient, und damit bis zur After Hour noch was übrig sei, passe er lieber auf die Bar auf.

»Außerdem sehe ich, wie viel du trinkst, Ben«, sagt Paul und zwinkert. »Wenn du's wieder übertreibst, muss ich dich von deiner eigenen Jacht fernhalten.« Nach einer kurzen Pause fügt er hinzu, dass das gar nicht so schlecht wäre, immerhin sei dann das Platzproblem gelöst. »Leo ist ja jetzt doch dabei.«

Einer mehr oder weniger, entgegnet Benny, das würde niemand merken, aber darauf lässt sich Paul nicht ein. »Wenn irgendetwas passiert, bin ich meinen Bootsschein los. Muss nicht mal meine Schuld sein. Falls du irgendwann deinen eigenen Schein kriegst, kannst du's ja anders machen.«

Benny nippt an seinem Drink. »Schon okay, Mann. Marie ist wieder abgesprungen.« Er legt die Hand an seine Schläfe. »Everything's in apple pie order, Sir«, dreht ab, und ich folge ihm aus dem Saal.

Auf dem Weg runter zur Jacht zieht Benny eine silberne Joint Tube aus seiner Hosentasche, ploppt den Behälter auf und steckt sich den Joint in den Mund. Nachdem er ihn angezündet hat, reicht er ihn mir.

»Sativa?«, frage ich, und Benny grinst.

»Wir müssen zum Steg C.«

25

Benny und ich springen an Deck und lassen uns auf die halbrunde Couch fallen, deren weißes Leder durch das LED-Licht der bauchhohen Stegbeleuchtung einen eisblauen Stich bekommt. Ich nehme noch einen Zug, gebe dann Benny den Joint zurück und trinke den letzten Schluck von meiner Rum-Cola. Das Glas stelle ich auf dem Boden ab. Auf dem Heck wäre tatsächlich noch genug Platz für einen kleinen Tisch, ohne dass man sich zu der gläsernen Schiebetür drängen müsste, die zur Kabine führt.

»Guess who«, sagt Benny und nickt zum Anfang des Steges, wo Roland vor einem Jachtcruiser stehen bleibt.

Nach einer Weile läuft Roland weiter. Die einfachen Motorboote beachtet er nicht, stattdessen hält er noch vor einem Hausboot inne, bevor er uns schließlich auf dem Heck der Sunbird entdeckt.

»Ich wusste, dass du's bist«, ruft er mir zu und erklärt, er habe mich gerade aus dem Saal gehen sehen. »Ich dachte erst, du kommst wirklich nicht.«

Ohne auf ein Okay von Benny oder mir zu warten, klettert er an Deck und stellt sich vor die Couch, und obwohl ich keine Flecken auf seinem roten Hemd erkenne, strömt eine säuerliche Brise von ihm aus, womöglich ist das ein Wechselhemd, doch der Fahrradschweiß hat sich tief in den Poren seines Körpers eingenistet, da ist ein bloßer Outfitwechsel so sinnvoll wie das Tapezieren einer schimmligen Wand. Roland fixiert mich, und als ich nicht reagiere, hebt er seine Hand und patscht sie gegen meinen Deltamuskel.

»Dann fahren wir ja nachher zusammen.« Er lässt seine Hand auf meinem Oberarm ruhen, bis ihm die Couch auffällt. »Hier sollen wir alle raufpassen?«

Benny schnippt Asche vom Joint und hält ihn mir hin. »Noch nie eine Jacht von innen gesehen?«, lacht er, zeigt auf die Glastür und fügt mit lauter Stimme hinzu, als würde er mit einem Taubstummen sprechen: »Dahinter gibt es eine Innenkabine, die ist bloß leider voll.«

Roland stellt sich vor die Tür und fragt, ob man hier irgendwo Licht machen könne, wartet allerdings nicht auf eine Antwort. Da drinnen seien doch noch zwei Türen. Ganz am Ende und gleich hier vorn.

»Am Ende«, erwidert Benny, »ist das Cockpit. Aber du hast recht, auf der Toilette könnte noch Platz sein.«

Ich atme Rauch aus. Durch das Kokain bin ich hellwach, und ich warte auf das Gras, das ich nur erstaunlich langsam spüre. Ein bisschen zieht es mich runter, doch das kann auch bei Sativa am Anfang so sein, gleich wird es im Kokain aufgehen. Die Kabine mache einen richtig gemütlichen Eindruck, sagt Roland. Schade für alle, die nicht in die Gruppe eingeladen worden seien.

»Eventuell ist da was schiefgegangen«, entgegnet Benny und schaut mich an.

Roland kommt zu uns zurück und lässt den Blick über die Stege wandern. Wenn er die Schiffe hier so betrachte, hätte er keine geringe Lust auf einen Wehrdienst bei der Marine. Er würde nämlich über einen Medizinstudienplatz bei der Bundeswehr nachdenken, falls sein Abi für eine normale Uni nicht reichen sollte.

»Dafür musst du die Musterung bestehen«, sagt Benny und fügt hinzu, dass es zwar Ärzte gebe, die einem helfen durchzufallen, vom Gegenteil habe er aber noch nicht gehört, und jetzt merke ich das Gras doch.

Ich darf mich nicht einlullen lassen, denke ich und stehe von der Couch auf. Ich erzähle von dem Orthopäden, den mein Vater kennt und der ein paar Röntgenaufnahmen von meinem Rücken gemacht hat, als noch nicht klar war, ob sie die Wehrpflicht abschaffen. Bei jeder Aufnahme habe ich mich etwas nach links gekrümmt, so dass ich mit einer Skojose zur Musterung gegangen wäre.

»Skojose?«, fragt Benny.

Ich setze noch einmal an. »Sko-li-o-se«, sage ich, jede Silbe einzeln betonend.

»Sko-li-o-se«, wiederholt Benny, und dabei verschwimmt sein Gesicht vor meinen Augen. »Damit bist du Kategorie T5, Leo: untauglich.«

Ich halte mir die Hand an die Stirn.

»Verträgst du das Sativa jetzt auch nicht mehr?«, fragt Benny und stellt sich neben mich.

Ich reiche ihm den Joint.

»Ich habe deinen Vater übrigens letztens im ZDF gesehen«, sagt Roland. »Wie hieß der Film noch mal? *Zwei Wochen für uns?«*

Wieder schnippt Benny Asche vom Joint, ich weiß gar nicht, ob er überhaupt daran gezogen hat.

»Willst du noch?« Er hält mir den Stummel hin, und als ich nicht reagiere, wirft er ihn ins Wasser. *»Zwei Wochen für uns«*, sagt Benny. »Wie ist das eigentlich, wenn man solche Sachen spielen muss?«, und ich überlege, ob das überhaupt Sativa sein kann, vielleicht hatte er nur dieses eine Päckchen, das ihm gestern in den Pool gefallen ist, und jetzt hat er sich noch schnell was von Steffen besorgt. Ja, das Gras fühlt sich verdammt nach Indica an, und Benny hat so gut wie nichts davon geraucht, sein Blick ist viel zu wach.

»Siehst blass aus«, sagt er, und Roland ruft »Stimmt«, und dann höre ich Bennys Stimme, als würde er plötzlich hinter mir stehen. »Seit wann bist du so empfindlich?«

Wie nach einem Vierhundertmetersprint rast mein Herz, und ich habe gleichzeitig das unendliche Verlangen, mich in das weiche Polster zu legen.

»Du solltest was trinken.« Bennys Stimme kommt jetzt wieder von vorn. »Kannst du deinem Freund nicht ein Glas Wasser holen, Roland?«

Roland klettert zurück auf den Steg und sagt, er werde sich beeilen.

Benny legt seinen Arm um mich. »Ich bleibe so lange hier. Nicht, dass Leo was passiert.«

Ich schließe die Augen, öffne sie aber sofort wieder, weil sich alles dreht.

»Wahrscheinlich ging's mir gestern ähnlich«, sagt Benny. »Als du den Upper mit mir teilen wolltest.«

Ich spüre meinen Gesichtsausdruck nicht.

»Obwohl Liquid Ecstasy gar kein Upper ist.« Benny spannt mir seinen Arm um den Hals, »Soweit ich weiß, wirkt das eher … beruhigend«, klopft mein Hemd ab, »wenn du mir die Kapsel geben würdest, könnte ich dir helfen, Leo, wo hast du die Kapsel?«, wandert mit seiner Hand über meine Brust, über meinen Bauch, nimmt sie schließlich von mir weg. »Wait a minute«, flüstert er. »Now I remember.«

Ich sehe, wie er etwas aus seiner Jeans holt. Das Bild vor meinen Augen verschwimmt erneut, bis Benny mir seine Hand vors Gesicht hält.

»Hier ist sie ja«, sagt er und klemmt meinen Kopf ein und führt die Kapsel zu meinem Mund, und als er versucht, sie mir zwischen die Lippen zu schieben, folgt ein Moment vollkommener Klarheit.

Ich sehe Bennys Grinsen, seine Augen, als wolle er mich hypnotisieren, und dann das Dolce-&-Gabbana-Logo auf der Sonnenbrille, das auch hier draußen silbern schimmert, obwohl es nur das Licht der LED-Säulen gibt. Blitzschnell greife ich nach der Hand vor meinem Mund. Meinen anderen Arm stoße ich gegen Bennys Brust. Benny stolpert und fängt sich gerade noch an der Reling ab.

»Shit«, ruft er. »Ich wollte dir nur helfen.«

Wir stehen ein paar Meter voneinander entfernt. Niemand rührt sich.

»Ben«, sage ich, doch ich breche ab, weil mir abermals schwindelig wird. Ich sehe, wie Benny auf mich zukommt.

»Leo«, höre ich ihn, und dann: »Dein Wasser.«

Roland klettert vorsichtig an Deck, reicht mir ein volles Weizenglas und fragt, wie's mir geht. Ich nehme einen Schluck. Das Wasser läuft über meine Zunge, kühlt den Gaumen, die Kehle, die Brust.

»Besser«, antworte ich.

»Seems like you made it«, sagt Benny, dabei wandert sein Blick über den Boden der Jacht und über die Couch, bevor er schließlich bei mir landet. »Ich muss rein. Linda wartet.«

Benny springt zurück auf den Steg, und nachdem wir ihm hinterhergeklettert sind, schüttelt er ein Gangster-Peacezeichen aus dem Handgelenk. »See you inside«, sagt er und lässt mich mit Roland allein, der so dicht vor mir steht, dass der ranzige Teegeruch aus seinem Mund den Körpergeruch fast vollständig überdeckt.

»Ich bin wieder da«, antworte ich schnell. »Keine Sorge«, aber Rolands milchiger Schädel verschwindet nicht aus meinem Blickfeld, und ich merke, was in ihm vorgeht. Er will diesen Moment zu einem Zeichen meiner Schwäche machen, damit er in mir einen Gleichgesinnten erkennen kann. Er will mein Eingeständnis, dass ich auf seine Hilfe angewiesen war, auf das Wasser, das er mir gebracht hat, dabei hatte ich die Schwelle bereits überwunden, als er aus dem Clubhaus wiederkam. Allenfalls hat das Wasser beschleunigt, was schon in Gang war, und ich nehme nur noch einen Schluck aus dem Weizenglas, bevor ich es Roland an die Brust drücke. »Das kannst du wieder zurückbringen«, sage ich und schiebe Roland ein Stück von mir weg, während er das Glas nimmt.

Er habe schon Angst gehabt, ich könne nachher nicht mitfahren. Du wirst sehen, wer nicht mitfährt, denke ich und gehe los. Roland läuft neben mir, und ich überhöre, wie er sagt, ich hätte das beim Tanzkurs supergut gemacht. Er sagt wirklich *supergut,* ein Tropfen Speichel spritzt mir von der Seite entgegen, ganz knapp nur verfehlt er mein Gesicht, im Salsa könne man mir nichts vormachen, fährt Roland fort, und für den Walzer habe er jede Menge CDs zum Üben, die würde er mir mal ausborgen.

»Ich wollte mich jedenfalls für deine Hilfe bedanken, und was Benny nach dem Kurs zu uns gesagt hat, war echt unfair«, fügt Roland nach einer Pause hinzu, und ich zerdrücke fast die Kapsel in meiner rechten Faust, weil seine Stimme genauso klingt wie bei dem Umzug. »Danke, Leo«, hatte er nur gesagt, als er eine gefühlte Stunde nach uns aus dem Haus kam. Er war noch einmal hineingegangen, um ja nichts zu vergessen, und währenddessen stand ich mit seiner Mutter neben ihrem Van, in dem wir Rolands Sachen verstaut hatten, und sie fing an, über ihren Ex-Mann zu reden. Ich hatte überhaupt nicht gefragt, mir ging es nur darum, diesen Umzug so schnell wie möglich hinter mich zu bringen, und trotzdem erklärte sie mir ausgiebig, wie schwierig es sei, sich Rolands Vater zu entziehen, und erzählte irgendetwas von maßloser Zuneigung und unterschwelliger Aggression und dass sie Roland schon früher habe rausholen wollen. »Aber es kam einfach kein Impuls von ihm«, sagte sie, und ich war drauf und dran, loszurennen, um Roland in den schäbigen Daihatsu seiner Tante zu zerren, mit dem diese extra hergefahren war, damit Rolands ganzer Kram in den Van passte. Doch in dem Moment legte mir seine Mutter ihre Hand auf die Schulter. Ihre Finger krümmten sich, während sie über den Streit sprach, der zu Rolands Entschluss geführt hatte, und ich spürte den Nagel ihres Daumens wie eine stumpfe Spritze, die gleich in die Haut sticht. »Daran, wie banal der Streit eigentlich war, siehst du, unter was für einem Druck Roland stand. Deine Hilfe bedeutet ihm unheimlich viel, Leo. Für ihn ist das hier die Höhle des Löwen.« Ich glaubte erst, sie mache einen Witz, aber schließlich trat Roland nach draußen, lief zu uns herüber, und ich hörte die Stimme, mit der er sich bei mir bedankte, diesen weichen, verklärten Ton, den sie auch jetzt wieder bekommt, als hätte ich ihm aus einem lebensbedrohlichen Loch geholfen, als wäre ich sein Verbündeter, der sich auf demselben niedrigen Level befindet wie er.

»Ist wirklich alles okay, Leo?« Roland hebt das Glas an. »Bleib mal hier. Ich hol dir lieber noch ein Wasser«, und endlich lässt er von mir ab.

Ich verstehe, dass jemand wie Roland sich nach Autorität sehnt. Und als er sich bei der Trennung seiner Eltern entschied, beim Vater zu leben, war er zu jung, zumindest hat seine Mutter mir das beim Ausladen erzählt. Er konnte nicht ahnen, wie erdrückend es für ihn werden würde, doch eben das weiß er jetzt, und umso mehr dürfte er heute jedes negative Anzeichen sofort erkennen, dürfte ihm längst klar sein, dass es falsch war, seinen Vater an den Wochenenden wiederzutreffen. Um sich an anderen hochzuziehen, braucht man selbst ein Minimum an Stärke, und Roland ist unfähig, diese Stärke aufzubauen. Bei seiner Mutter hätte er es schaffen müssen. Den Entschluss, ihren Sohn beim Vater leben zu lassen, bereut sie noch immer. »Ich wollte Roland nicht zerreißen«, hat sie gesagt, und natürlich kümmert sie sich nun umso intensiver um ihn, aber das zeigt Rolands fundamentale Beschränktheit: Auch unter seiner Mutter entwickelt er keinen Funken Ich-Stärke, und deshalb sollte er Autoritäten wie seinen Vater ein für alle Mal meiden, und wenn er erneut in irgendeiner Weise Hilfe braucht, kann er sich jemand anderen suchen, ich werde damit nichts zu tun haben.

Roland läuft zum Clubhaus hoch, während ich stehen bleibe und langsam meine Faust öffne. Die Kapsel ist durchsichtig und enthält feines weißes Pulver, das wie in einer Sanduhr verrutscht, wenn man die Kapsel auf den Kopf dreht. Ich stecke sie in die Innentasche meines Jacketts, als ich Steffens Stimme höre. Er steht nicht weit vom Ufersteg entfernt und lacht zwei, drei Mal. Neben Steffen sehe ich den Lockenafro.

»Leo«, sagt Steffen, nachdem ich rübergelaufen bin. »Komm ruhig her. Wir plaudern nur ein bisschen.«

Ich stelle mich dazu, so dass wir einen engen Dreierkreis bilden.

»Ich wollte Jonas gerade was über seine Freundin erzählen.«

Jonas nippt an seinem Drink. »Ich weiß, dass ihr lange befreundet wart«, sagt er, »aber ich wüsste nicht, was du mir erzählen könntest.«

Steffen erwidert, dass sie sehr innig befreundet waren, dabei betont er das Wort *befreundet* und macht dann eine Pause. »Jonas«, fragt Steffen, »seit wann seid ihr zusammen?«

Ich hole das Etui aus meiner Jeans und halte es in die Runde. Er sei jetzt zwei Jahre mit Jana zusammen, antwortet Jonas.

»Seid ihr glücklich?«, fragt Steffen weiter, während er sich eine Zigarette anzündet.

Jonas nickt.

»Und jetzt mal ehrlich«, fährt Steffen fort. »Wie läuft's im Bett?«

Viel zu schnell erwidert Jonas, dass es super läuft, und da beginne ich zu grinsen, immer breiter, und als Steffen sich erfreut zeigt, weil es bei ihm damals etwas schwierig gewesen sei, fällt mir fast das Etui aus der Hand. Ich stecke es zurück in meine Jeans, und Steffen gibt mir Feuer.

Es habe ihn überrascht, erklärt er, wie eng Jana gewesen sei. »Ich musste richtig nachhelfen, bis ich in ihr drin war.«

Jonas versucht, neutral zu gucken, doch dann klemmt sich Steffen seine Zigarette zwischen die Lippen. Er holt sein iPhone raus, gibt etwas ein und dreht Jonas den Screen zu. Nach einer Weile steckt er das iPhone wieder weg und erläutert, dass er, nachdem er in ihr gekommen sei, an den roten Flecken auf dem Laken den Grund für Janas sperrige Anatomie erkannt habe. »Am nächsten Morgen waren wir dann nett frühstücken. Insgesamt sehr gelungen«, resümiert Steffen und atmet Rauch in das Gesicht von Jonas, dessen Pseudo-Afro im faden Licht der Außenbeleuchtung noch lächerlicher wirkt als sonst.

Jonas sieht aus wie ein missratener Clown, und dann bemerke ich Jana auf dem Weg vom Clubhaus zu den Stegen, und da schnippe ich meine Zigarette zur Seite und schlage Jonas gegen den Oberarm. Ich hole ein zweites Mal aus, diesmal treffe ich ihn härter, das Glas fällt aus seiner Hand und schlägt dumpf auf dem Boden auf.

»Loser«, zische ich, »du verdammter Loser«, und als ich ein drittes Mal aushole, ich weiß nicht, vielleicht will ich ihn etwas mittiger und etwas weiter oben treffen, irgendwo in dem blassen, von den Locken getürmten Gesicht, stellt sich Steffen zwischen uns.

»Ich wünsche euch einen schönen Abend«, sagt er zu Jonas und gibt mir einen Schubs.

Jana hat uns längst entdeckt. Sie sieht ernsthaft besorgt aus. Ich erkenne das im Vorbeigehen, obwohl sie uns kein einziges Mal anschaut.

Ich schreie fast, als ich Steffen vor dem Clubhaus auffordere, mir das Foto zu zeigen.

»Es ist wirklich sehr schön«, sagt Steffen. »Jana weiß nicht mal, dass es das gibt.« Er lacht. »Hier.«

Auf dem Screen hat Jana noch lange Haare. Sie liegt in einem Bett und schläft. Das Licht wirkt weich, wahrscheinlich kommt es von einer Nachttischlampe. Die Decke ist bis knapp über Janas Brust gezogen. Den Kopf hat sie etwas zur Seite gedreht, eine wirre Haarsträhne schlängelt sich über die Schläfe und das Ohr bis zum geröteten Hals. Steffen scheint in der Nacht ganze Arbeit geleistet zu haben.

Er sagt, dass er nicht vorhatte, das Bild irgendjemandem zu zeigen, doch nach der Parkplatzsituation habe er Jonas zurechtweisen müssen. »Schade«, fügt er hinzu, »dass ich nicht dabei sein kann, wenn die beiden gleich zu Hause sind. Wäre sicher unterhaltsam.«

Weil ich erwarte, Steffen lachen zu hören, lache ich selbst, aber aus irgendeinem Grund bleibt er stumm. Er schaut hinab zu den Jachten, scheint jedoch nichts zu sehen, nichts, was tatsächlich da ist. Er guckt viel weiter, als stünde er auf einem Gipfel, wo die Luft rein und klar ist. Und dort oben sehe ich Steffen und mich, und wir sind dort ganz allein, bis mein Lachen plötzlich abbricht. Wie aus dem Nichts taucht Emmy vor mir auf. Ihr Blick hat etwas Merkwürdiges. Zwei messerscharfe Falten ziehen sich zwischen den Augenbrauen zur Stirn, aber die Brauen selbst wirken so blass, dass man sie kaum erkennen kann.

»Du«, sagt Emmy, und dabei hat sie ihr Kinn leicht vorgeschoben. »Du bist schuld.«

26

Emmy steht vor mir und kichert. »Du kommst mit«, lallt sie und versucht, nach meinem Arm zu greifen.

Erst beim zweiten Mal gelingt es ihr. Einen Moment lang scheint sie von sich selbst überrascht, dann zieht sie mich hinter sich in das Clubhaus, wo wir auf Roland stoßen, der das verdammte Weizenglas erneut mit Wasser aufgefüllt hat.

Er hätte so lang gebraucht, weil Paul Getränke sortiert und niemanden an die Bar gelassen habe, und das Bad sei besetzt gewesen. »Geht's dir besser? Wir fahren jetzt los.«

Paul kommt mit zwei übereinandergestapelten Getränkekisten angelaufen. Er habe keine Lust mehr, hinter der Bar zu stehen, sagt er. Er wolle jetzt Jacht fahren und sich dann endlich ein paar Drinks genehmigen. Benny sei nicht so weit weg vom gestrigen Zustand und solle daher von der Bar fernbleiben, fügt Paul hinzu. »Kannst du Mike mit dem Bier und den Beigetränken helfen? Den Schnaps hab ich schon eingepackt«, und in dem Moment wird mir bewusst, dass ich Roland und Emmy in ein paar Minuten los sein werde.

»Noch mal haust du nicht ab«, sagt Emmy.

»Emmy«, erwidere ich, »ich muss zu den Drinks«, und Emmy nickt, aber sie lockert ihren Griff nicht.

Stattdessen zieht sie mich wieder hinter sich her, über

den Floor, es läuft Ice Cube, »Life in California«, und die Leute weichen uns aus, bis wir schließlich an die Bar gelangen, vor der drei Kästen stehen.

Mike schnappt sich den Bierkasten. »Die anderen beiden dürften nicht so schwer sein. Das sind alles Plastikflaschen«, sagt er, und nachdem er gefragt hat, ob ich beide gleichzeitig schaffe, wendet er sich an Emmy: »Du kannst ihn ja auf dem Weg begleiten«, und irgendwie scheint ihr das einzuleuchten, denn sie lässt meinen Arm los.

»Na klar«, antworte ich schnell. »Ich mach das«, und ich strecke meinen Rücken durch, senke meine Knie, bis Ober- und Unterschenkel einen rechten Winkel bilden, und packe eine der beiden Kisten, um sie auf die andere zu stapeln, doch die zweite schnappt sich Roland, der Emmy und mir gefolgt ist. Er hebt die Kiste komplett aus dem Rücken, und als er oben ist, schafft er es nicht, die Arme zu beugen, weil seine Bizepse versagen. Bei jedem Schritt stößt er mit den Oberschenkeln gegen die Kiste, und er hat Glück, dass sich keine Glasflaschen darin befinden wie bei Mike, der mit dem Bierkasten schon fast draußen ist. Ich komme souverän aus den Knien hoch und halte meine Kiste auf Hüfthöhe. Beiläufig kicke ich das Weizenglas mit dem Wasser um, das Roland auf dem Boden abgestellt hat, und laufe in ruhigem Tempo Emmy davon, die ohne etwas zu tragen beinahe genauso langsam ist wie Roland vor mir. Ich überhole ihn schon nach wenigen Schritten und bringe bis zur Tür des Clubhauses einige Meter zwischen uns. Die Tür öffne ich mit der rechten Hand, während ich mit der linken die Getränke elegant auf meinem angewinkelten Knie balanciere.

Mike scheint sein Tempo verlangsamt zu haben. Er geht neben Steffen, und kurz bevor sie den Ufersteg betreten, schließe ich locker zu den beiden auf. An Mikes Kondition kann das nicht liegen. In allen Laufdisziplinen hat er mühelos fünfzehn Punkte geholt. Die Schwäche ist vielmehr dem Basketballtraining geschuldet, das die Arme nur auf kurze explosive Bewegungen mit wenig Gewicht trimmt. Mike winkelt seine Arme zwar noch an, doch dafür muss sein Körper sämtliche Energie in die Bizepse pumpen, und für die Beine ist dann nichts mehr übrig.

»Nicht mehr weit, Mikey«, sage ich, da bleiben er und Steffen ganz stehen.

»Du willst echt nicht mit?«, fragt Mike Steffen.

Ich schaue hoch zum Clubhaus, aus dem sich Emmy und Roland wie zwei Minderbemittelte herausquälen.

»Ich denke, ich leiste den beiden noch ein wenig Gesellschaft«, erwidert Steffen, guckt aber nicht zum Clubhaus, sondern dorthin, wo wir uns mit Jonas unterhalten haben. Tatsächlich hat der sich keinen Zentimeter wegbewegt. Er redet mit Jana, und Steffen sagt, das würde womöglich noch interessant werden. »Euch eine schöne Fahrt«, fügt er hinzu, und bei dem Gedanken, Jana davon zu überzeugen, dass sie ohne Jonas ein höheres Niveau erreichen könnte, regt sich etwas in mir, doch nur kurz, denn mein Blick fällt erneut auf Emmy und Roland, die immer näher kommen und die mich so lang verfolgen werden, bis ich auf der Jacht bin.

Ich reiche Paul meine Getränkekiste und klettere Mike hinterher, der mit dem Bierkasten auf die Jacht steigt und ihn selbst in die Kabine trägt. Die Deckenbeleuchtung ist dort eingeschaltet und wirft einen blassen Schimmer nach draußen auf das Heck, wo es trotz der neuen Couch noch kein eigenes Licht zu geben scheint.

»Mikey«, sagt Paul, als er und Mike wieder rauskommen. »Dank dir fürs Tragen, aber wir sind leider voll. Was wollen die denn hier?«

Hinter Emmy und Roland läuft eine größere Gruppe über den Steg. Zögerlich passen sie sich dem Tempo der beiden an, und ich glaube, das sind die Physiker, die was von unserer Fahrt aufgeschnappt haben und gewisse Gesetze nur verstehen, wenn sie in abstrakte Formeln gepackt sind.

»Steffen will nicht«, erwidert Mike. Und so wie er das mitgekriegt habe, sei doch auch Marie eingeplant gewesen, die jetzt gar nicht auf der Party ist.

Paul zuckt mit den Achseln. »Ich will hier kein großes Prozedere. Marie hatte sowieso nur den Platz von Leo. Und wenn Steffen Besseres zu tun hat, meinetwegen, dann ist das jetzt dein Platz.«

Mike fragt, wer überhaupt alles dabei sei. Paul zählt Benny, Anna und Linda auf, die noch fehlen würden. Und vorn im Cockpit sitze Maja. Er nehme sie anstelle von Maren mit, die sich trotz einiger SMS nicht mehr bei ihm gemeldet habe. Paul nimmt Roland die Beigetränke ab und bringt sie in die Kabine, und Roland stützt die Hände in die Hüfte. Er sei ganz schön ins Schwitzen geraten. Auf dem See werde es sicher frisch, sagt er, da hole er sich lieber noch schnell seinen Pullover, und ich will gar nicht wissen, wie er riecht, wenn er sich eine zweite Schicht über seinen miefenden Körper zieht. Gott sei Dank werde ich das nicht herausfinden, denke ich und scanne die Gruppe, die auf dem Steg wartet wie vor einer Bühne, die sie nicht betreten darf.

»Kann man da noch mitfahren?«, fragt Hendrik, und bevor ich darauf eingehen kann, antwortet Emmy »klar« und versucht, auf die Jacht zu klettern. Es fehlt nicht viel, und sie würde in den See rutschen, wäre da nicht Mike, der sie reflexartig an Bord zieht.

»Na ja«, sagt Paul, der aus der Kabine zurückkommt. »Eigentlich kannst du auch Steffens Plus One besetzen. Damit war's das aber«, wendet er sich an die Physiker, und ich nehme dumpf ein paar Stimmen wahr, die ich nicht voneinander unterscheiden kann, erst meine eigene setzt sich von den anderen ab.

»Paul«, entgegne ich, doch meine Stimme wird sofort von Pauls geschnitten.

»Kein großes Prozedere, Leo«, wiederholt er. »Außerdem hast du schon Anna dabei.«

Ich starre Emmy an, die sich mit einer groben Handbewegung ein paar weißblonde Strähnen aus der Stirn wischt, dann auf mich zukommt und sich an meinen Arm lehnt, und ich verwende alle Kraft darauf, einen Schweißausbruch zu verhindern, aber es ist zu spät.

Das lange, schwarze Shirt, das Anna trägt, legt sich dünn über ihre Brüste, über ihren Bauch, und ich sehe keine kurze Hose hervorgucken, ich sehe nur Annas nackte Beine unter dem Shirt, die plötzlich verschwinden, weil Benny und Linda mir die Sicht versperren. Bennys Blick trifft mich, bleibt auf mir haften, während er Linda an der Hüfte nach vorn schiebt, und er grinst nicht, nein, das ist ein vollkommen überlegener Blick, ein stiller Triumph darüber, dass ich hier an Deck gelandet bin mit Emmy an meinem Arm. Paul hilft erst Linda auf die Jacht und dann Anna, und beide gehen, ohne mich zu beachten in die Kabine, und dort warten sie auf Benny, der fast gegen Paul prallt, nachdem er vom Steg rübergesprungen ist. Paul hält Benny fest und sagt, er solle ihm beim Ablegen helfen, sofern er dazu noch in der Lage sei. Emmy nimmt ihre rechte Hand von meinem Oberarm, und sie tut das nicht, um sich zu setzen oder hineinzugehen, nein, sie bleibt an mir hängen und zeigt auf Roland. In einem dünnen Kapuzenpulli rennt er an den Leuten vorbei, die sich bereits abgewendet haben und zurück zum Clubhaus laufen.

»Hey«, ruft Roland, als Benny die Leine einrollt.

Paul macht sich auf zum Cockpit, und meine Hand legt sich über die von Emmy, und je weiter ich sie nach unten drücke, desto mehr komme ich zu mir. Am Ende ist da nur noch Roland. Als wäre die Jacht seine letzte Chance, von einer brennenden Insel gerettet zu werden, hetzt er auf uns zu. Ich zerre Emmy von mir und baue mich neben Benny auf. Roland will tatsächlich springen, aber der Motor läuft bereits. Ein immer größerer Spalt klafft zwischen Jacht und Steg auf, und die Spannung weicht erst aus meinem Körper, als Roland im letzten Moment abstoppt.

»Wartet«, ruft er. »Leo!«

Im LED-Licht glaube ich ein Zucken zu erkennen, zwei, drei Mal um den Mund herum, und dann erstarren die Lippen, und irgendetwas geschieht noch in seinem Gesicht, in den Augen oder auch nur auf der Stirn, wir sind schon zu weit weg.

27

Sorry for your loss.« Bennys Blick wandert von mir zu Emmy, die sich jetzt doch auf die Outdoor-Couch gesetzt hat. »But you're not alone, are you?« Er wendet sich ab und läuft zu den anderen in die Kabine. Linda drückt er einen Kuss auf den Hals, dann lässt er sich zwischen sie und Anna auf das Sofa fallen und greift nach einer der Flaschen auf dem Beistelltisch.

»Ich geh auch mal rein«, murmelt Mike, und als ich sehe, wie Benny seinen linken Arm um Anna legt, nachdem er sich ein Glas eingeschenkt hat, folge ich Mike, aber wir kommen nicht weit, weil Emmy sich uns in den Weg stellt.

Sie sieht auf einmal todtraurig aus, wie auf einem Gemälde von Edvard Munch. Als gäbe es nichts in der Welt, was sie jetzt aufmuntern könnte, und da wird mir klar, dass ich etwas unternehmen muss.

»Geht's dir nicht gut?«, frage ich, und bevor sie antworten kann, sage ich zu Mike, dass ich mit Emmy besser ein bisschen draußen bleibe, und ob er uns nicht etwas zu trinken bringen könne. »Für mich einen Whiskey, Mikey, und für dich?« Ich drücke Emmy behutsam zurück auf die Couch.

»Cola«, antwortet Emmy abwesend.

Mike nickt. »Kein Problem.«

»Max«, sagt Emmy, nachdem ich mich neben sie gesetzt habe, und irgendetwas von wegen »angebrochenes Bein«, alles in dem gleichen abwesenden Ton, mit dem sie die Cola bestellt hat, und vielleicht, denke ich, vielleicht ist das einfach angeboren, vielleicht fallen Mädchen so leicht in die Opferrolle, weil sie von Geburt an in unterlegenen Körpern stecken. Neben dem Kokain ertaste ich die Kapsel in der Innentasche meines Jacketts.

»Es ist nur das Bein«, entgegne ich. »Es hätte viel Schlimmeres passieren können.«

Mike kommt zurück und reicht mir ein Glas mit Whiskey und Emmy eins mit Cola.

»Danke«, sage ich. »Bis später«, und als Mike wieder drinnen ist, nehme ich einen Schluck und frage Emmy anschließend, ob sie mir etwas von ihrer Cola abgeben würde, der Whiskey wäre ziemlich herb.

Sie hasse Whiskey, jammert Emmy. Ihr Papa habe sie erst gestern aufs Neue probieren lassen, aber das Zeug sei widerlich, und wie zum Trotz setzt sie die Cola an.

Ich stelle meinen Whiskey ab. »Nicht so hastig«, sage ich, während ich Emmys Hand umschließe und das Glas langsam von ihren blassen Lippen wegführe.

Ihr Papa, erzählt Emmy, ihr Papa sei so selten zu Hause, und es hätte doch schön werden sollen. Ich löse die Finger vom Glas und nehme es Emmy ab. Er habe sich ein Mal verrechnet, und jetzt dürfe er nicht mehr ins Büro. Irgendwo nach Holland hätten sie ihn geschickt, und da müsse er wieder auf dem Bau arbeiten. Emmy legt ihre Hände in den Schoß und redet über die Fahrt zur Tierärztin, und dabei schaut sie geradeaus, als hätte sie nicht den Wannsee vor sich, die Lichter am Ufer, das Clubhaus, das immer kleiner wird, sondern ihren überarbeiteten Vater, der mit dem winselnden Hund auf der Rückbank in die

Klinik rast, und ich klemme mir das Glas zwischen die Knie, hole die Kapsel aus meinem Jackett, ziehe sie über der Cola auseinander und beobachte, wie das Pulver hineinrieselt und mit einem sanften Rauschen von der Kohlensäure zersetzt wird.

»Zum Glück war dein Papa gerade zu Hause«, sage ich und reiche ihr das Glas zurück. »Jetzt hab ich dir aber genug weggetrunken.«

»Das Bein sah so schlimm aus«, sagt Emmy.

Sie schüttelt den Kopf, und ich bin mir nicht sicher, inwiefern Emmy wirklich in die Opferrolle fällt. Sie scheint sich richtig wohl darin zu fühlen, als sei das ihre Lieblingsrolle in einem dummen Spiel. Wie ein Mädchen, das mit ihrem unterlegenen Körper kokettiert, diese Unterlegenheit jedoch nie zu spüren bekommen hat. Emmy setzt die Cola zum zweiten Mal an, unter ihrem Kinn bildet sich eine winzige Wölbung, wie der Pulsschlag auf einem Narkosemonitor glättet sie sich, tritt erneut hervor, glättet sich, bis die Hälfte des Glases leer ist.

»Als Kind durfte ich nie Cola trinken«, sagt Emmy, und ich glaube, dass sie so lang in ihrer Kindlichkeit feststecken wird, bis sie ihren Körper wirklich kennenlernt. Jemand müsste ihr die echte Welt zeigen, Emmy, es hat keinen Zweck, wenn du deine Arme gegen meine Brust drückst, ich brauche nur ein Minimum meiner Kraft, um sie zu strecken, dir das Top auszuziehen, spar dir deine Energie für alles, was noch folgt, denn dein Nein, Emmy, ist nur ein Reflex aus Gewohnheit, du sehnst dich nach jemandem, der dir endlich die Tür aufstößt, dich packt, und die Tür geht wirklich auf, Stimmen sind da, und ich höre den Beat, den sie in der Kabine aufgedreht haben, »This is what you live for«, ich höre Lindas schrilles

Lachen, und dann werden die Stimmen und der Beat wieder dumpf, weil jemand die Tür schließt, Grasgeruch steigt mir in die Nase, neben der Couch tauchen Mike und Benny auf.

»Let's chill up front«, sagt Benny, und ich glaube, der Rauch, den er ausatmet, riecht nicht ganz so süß wie vorhin.

»Kommst du mit?«, fragt mich Mike, als Benny schon fast hinter der Kabine verschwunden ist.

Der blinde Fleck auf Bennys Hemd deckt jetzt fast seinen gesamten Rücken ab. Wahrscheinlich hat er sich die ganze Zeit neben Linda und Anna zurückgelehnt, weil ich hier draußen mit Emmy feststecke, doch Emmy hält mich nicht länger zurück.

»Vorn ist bestimmt nice«, murmelt Mike, und ich sage, dass ich nachkomme.

»Raucht nicht so schnell«, füge ich hinzu.

Mike erwidert, dass Linda und Anna vielleicht auch ein paar Mal ziehen wollen. »Am besten, wir bauen gleich noch einen.« Mit einem Grinsen folgt er Benny nach vorn an die Spitze der Jacht, und Emmy dreht ihren Kopf wie in Slow Motion zu mir, als ich aufstehe. Sie blinzelt ein paarmal.

»Max«, sagt sie und noch irgendetwas, das Emmy selbst nicht zu verstehen scheint, denn sie kneift die Augen zusammen wie jemand, der in die Wolken guckt, durch die nach und nach die Sonne bricht, bis sie grell und blendend am Himmel steht. Es schwimmen nur noch Reste in Emmys Glas, das sie widerstandslos aus der Hand gibt. Ich werfe es in den Wannsee, hebe meinen Whiskey vom Boden auf und exe ihn. Drinnen kommt Linda aus der Badkabine. Anna steht von dem Sofa auf, und ich werfe auch das Whiskeyglas über Bord. Jetzt bin ich dran.

Linda öffnet die Tür, als die Shotgun den Refrain einleitet. »Don't push me«, rappt 50 Cent, und Linda läuft fast gegen mich, weil ich mit meinem Anzug hier draußen erst auf den zweiten Blick sichtbar werde. Ich streiche mir mit dem kleinen Finger meiner rechten Hand über die rechte Augenbraue und richte mich vor Linda auf. Hinter ihr fährt sich Anna durch die Haare. Ich gehe langsam nach vorn, und ich beeindrucke Linda mit meinem Auftritt, denn sie lässt sich von mir sanft an der Hüfte zurückschieben, bis wir in der Kabine einen Kreis bilden. Linda flüstert Anna etwas ins Ohr. Anna nickt, und da löse ich eine Hand von Lindas Hüfte und lege sie Anna auf den Rücken, nehme den Beat auf und drücke uns zusammen, und Linda scheint sich von meinem Auftritt erholt zu haben. Sie will mich herausfordern, indem sie versucht zurückzuweichen, aber ich mache nicht den Fehler und knicke ein, ich halte sie fest.

»Leo, stop it«, ruft Linda mit viel zu hoher Stimme, und Anna fasst mir an den Oberarm, genau das haben sie sich vorhin zugeflüstert, dass sie sehen wollen, wie ich mit beiden gleichzeitig klarkomme.

»Leo«, sagt jetzt auch Anna, diesmal huschen ihre Pupillen nicht zur Seite, diesmal schaut sie mich an, und das muss der Moment sein, in dem alles wieder gut wird. Ich nähere mich ihrem Gesicht. »Leo«, sagt Anna noch einmal. »Warte«, und plötzlich hält sie mir ihre Hand vor den Mund, doch das glaube ich ihr nicht. Mein Zahn ist völlig in Ordnung, da gibt es gar keine Zweifel, und ich weiß nicht, was sie in Wirklichkeit hat, weshalb sie mich jetzt wegdrückt, jedenfalls lasse ich mir das nicht länger bieten.

»Anna«, erwidere ich. »Dein Vater hat recht. Wie soll das mit dir eigentlich weitergehen?«

Ich wende mich ab, und während ich nach dem Kokain taste, sehe ich Benny in der Tür.

»What's taking you so long, Lin? Everything alright?« Er schaut erst Linda an, dann mich.

»I don't know«, antwortet sie. »Leo's a little ... over the top, I guess.«

Nach wenigen Schritten steht Benny vor mir. »A little over the top.«

Wie ein einzelnes Wort hört sich das bei ihm an, nur das T am Ende spricht er deutlich, so deutlich, dass es feucht auf meiner Stirn landet.

»Vielleicht 'n bisschen viel in letzter Zeit.« Benny deutet auf meine Hand.

Ich reibe mit dem Daumen über das Tütchen, stecke es weg und schaue Benny in seine rotunterlaufenen Augen. »Immerhin kann ich mich noch an gestern erinnern.«

Bennys Pupillen zittern, driften aber nicht ab. »Sogar an Sachen, die gar nicht passiert sind«, entgegnet er und nickt Richtung Anna.

»Ben«, sage ich. »Fick dich«, und dann packe ich ihn an den Schultern.

»Guys!«, schreit Linda.

Benny strauchelt beim Rückwärtsgehen, hält sich an meinem Jackett fest, und wir stolpern nach draußen. Ich sehe noch, wie Mike vor der Couch in die Knie geht, wie er Emmy auf die Arme nimmt, und als er wieder hochkommt, prallen wir gegeneinander.

Ein Schlag auf mein linkes Ohr, ein Knall, dann schrilles Pfeifen. Jemand ist über mir, doch ich halte die Augen geschlossen und konzentriere mich auf mein Gehör. Der Ton klingt nicht ab. Ich will nach meinem Ohr tasten, kann die Arme aber nicht bewegen, weil sie links und rechts neben meinem Kopf fixiert sind. Das Gewicht auf mir wird stärker. Ich kriege kaum noch Luft, da öffne ich die Augen. In dem schwach aus der Kabine herausschimmernden Licht erscheint Bennys Gesicht neben den silbernen Stäben der Reling. Bennys Haare sind so glatt nach hinten gegelt, dass es aussieht, als hätte er eine Glatze. Die leuchtende Silhouette des Ufers spiegelt sich in seiner Dolce-&-Gabbana-Sonnenbrille, die ihm vom Kopf vor die Augen rutscht, als der Motor aufheult und die Jacht binnen Sekunden stillliegt, und plötzlich kommt es mir so vor, als stimme etwas mit Bennys Nase nicht, als hätte sie einen harten Buckel genau dort, wo die Sonnenbrille sitzt. Bennys Unterlippe glänzt, bildet zusammen mit der Oberlippe tonlose Wörter, aber ich verliere den Fokus, weil Benny sein Knie unablässig gegen mein Brustbein drückt. Seine Hände presst er auf meine Handgelenke, während er redet, und dann verändert sich das Pfeifen in meinem Ohr. Nach und nach dringen die Außengeräusche wieder zu mir durch, als würde jemand die Lautstärke langsam aufdrehen. Bennys Stimme klingt seltsam hoch, ich verstehe immer noch nicht, was er sagt, bis er innehält und seine Lippen zu einem Grinsen formt.

»Sei doch mal ehrlich, Leo, die Kleine war doch wirklich gut.«

Ich versuche etwas zu erwidern. Benny beugt sich zu mir runter und tut so, als hätte er mich gehört.

»Du weißt doch, wen ich meine, Leo. Das Video, das ich für dich gemacht habe.«

Jetzt ist er ganz dicht an meinem Ohr. Ich spüre seinen warmen Atem.

»Ich habe sie erst vor ein paar Tagen entdeckt, und ich wollte sie dir vorstellen«, flüstert er, und dann: »Es hat dir gefallen. Right, dog?«

Adrenalin schießt durch meinen Körper, in die Brust, in die Arme, und wie von selbst spannen sich meine Muskeln an. Ich drücke meine Hände nach oben, auf einmal ist Benny weg.

Paul hält Benny mit der rechten Hand fest, während er mit der linken nach meinem Jackettkragen greift und mich ebenfalls auf die Beine zieht. Er habe gestern schon genug Stress gehabt, und heute werde er sich auf keinen Fall auch noch um mich kümmern. Paul streckt seine Arme zur Seite, so dass er zwischen Benny und mir steht, und dabei spannen die Knöpfe auf Pauls Hemd.

»Benny, du gehst auf den Bug, und Leo: ins Cockpit!«. Eigentlich habe er bis zum Sonnenaufgang draußen bleiben wollen, sagt Paul, aber das sei es jetzt gewesen. »Wir fahren zurück, und dann haut ihr ab.«

Mike kommt aus der Kabine. Er habe Emmy noch einmal abfangen können, erklärt er, als sei das irgendwie wichtig, als wären Benny und ich nur ein paar Randfiguren, um die man sich vielleicht noch kümmert, wenn der wichtige Teil schon erledigt ist. Emmy würde jetzt drinnen schlafen, da sei es wärmer.

»Ich seh genau, was du machst«, sagt Paul, gibt Benny einen Schubs und nickt Mike zu: »Setz dich mal neben ihn«, und Benny grinst nach wie vor, reibt sich dabei den linken Unterarm, knapp über der Glashütte, eine halbe Ewigkeit dauert das, und ich versuche, irgendeinen Kratzer zu erkennen, doch die Uhr sieht astrein aus, und als ich beschließe, mich selbst darum kümmern, packt mich Paul mit beiden Händen und schiebt mich an Linda und Anna vorbei.

»Jesus, what are you guys doing?«, sagt Linda tonlos und folgt Benny und Mike zum Bug, während Anna einfach stehen bleibt.

Sie hat die Arme vor dem Körper verschränkt, als wolle sie sich ganz genau ansehen, wie Paul mich in die Kabine abführt, ich weiß nicht, wie ich je auf Anna reinfallen konnte.

»Sorry«, sagt Paul zu Maja, die in der Tür vom Cockpit steht. »Wenn wir wieder im Hafen sind, haben wir die Jacht für uns allein.«

28

War ziemlich lahm ohne euch.« Steffen kommt den Steg entlanggelaufen, während Paul die Jacht befestigt. So ziemlich alle seien gegangen, nachdem wir ja fast den ganzen Alkohol mitgenommen hätten. Er sagt noch irgendetwas über Jana und Jonas, die er leider nur kurz habe halten können, und über Roland, der ziemlich wütend abgehauen sei, bevor sein Blick zu mir wandert. »Bei euch scheint's spannender gewesen zu sein.«

Paul richtet sich auf und legt seinen Arm um meinen Nacken. Vor allem sei es anstrengender gewesen. Er wolle jetzt was trinken, und zwar in Ruhe. »Mir ist egal, was ihr macht, solange ihr von der Jacht verschwindet«, fügt er hinzu, gibt mir einen Stoß, und ich springe zu Steffen auf den Steg.

»I called us a cab«, höre ich Linda sagen, doch ich drehe mich nicht mehr um.

»Kleine Nase zur Beruhigung?«, fragt Steffen, und das ist das Einzige, denke ich, was die Sache hier noch retten kann.

Ich ziehe zwei Lines hintereinander, richte eine Locke, die meinen Mittelscheitel kreuzt, und gehe aus dem Bad des Clubhauses auf den Seitengang. Mike kommt aus der gegenüberliegenden Tür. Er habe Emmy in das Gästebett gelegt.

»Anna wollte sie erst nach Hause bringen«, erklärt er, »aber niemand weiß Emmys Adresse, und zu sich kann Anna sie nicht nehmen, weil sie irgendwie Stress mit ihren Eltern hat.« Linda sei mit Benny beschäftigt, fährt Mike fort, deshalb würde Paul sie nachher zu Maja bringen. Das habe Paul Anna versprechen müssen, die zum Schluss irgendwie ziemlich unentspannt gewesen sei. »Habt ihr vielleicht noch 'n bisschen Koks?«

Steffen zieht ein Tütchen aus seinem Jackett. »Kein Stress nach dem Stress, Mikey, zahlen kannst du später«, sagt er und gibt ihm das Kokain.

Mike bedankt sich.

Er würde gleich noch ans Wasser gehen, um beim Sonnenaufgang einen zu rauchen, so zum Abschluss der Party, und wir seien eingeladen.

»Wir treffen dich unten«, erwidert Steffen, und Mike schließt sich mit einem breiten Grinsen im Bad ein. »Mit wem soll Linda beschäftigt sein?«, fragt Steffen dann und schaut zum anderen Ende des Saals, wo tatsächlich Benny auftaucht.

Er läuft geradewegs auf uns zu und sagt, dass er keinen Bock auf Linda und Anna habe. Die beiden seien heute mies drauf. »Fuck them«, fügt er hinzu und fragt Steffen, ob er vielleicht ein bisschen Koks hat.

»Mies drauf«, wiederhole ich.

Ich merke, wie ich zu grinsen beginne. Auch auf Bennys Brust hat das Hemd ein paar blinde Flecken bekommen, er muss sich wirklich angestrengt haben, und trotzdem ist er bei Anna gescheitert und bei Linda, seiner eigenen Freundin.

»And fuck you, too«, wendet sich Benny an mich, und Steffen sagt, dass er eine Runde ausgibt. »Leider ist das Bad besetzt.«

»Look who's here.« Benny läuft an das Kopfende des Bettes und schaltet die Nachttischlampe an.

Steffen stellt sich daneben. Er beugt sich über Emmy, zieht ihr vorsichtig die Augenlider nach oben und fügt dann mit einem Grinsen hinzu: »Schläft ziemlich tief. Oder, Leo?«, und ich höre meine Stimme wie auf einem Soundfile, das abgespielt wird.

»Es ist ja auch sehr schön hier«, und ich weiß nicht, ob ich dazu sage oder mir nur denke, dass der weiche Teppich und die cremefarbenen Vorhänge das warme Licht vom Nachttisch wunderbar aufnehmen und dem Zimmer eine behagliche Atmosphäre verleihen.

Steffen legt Lines auf dem Nachttisch, und während Benny die ersten zieht, gehe ich auf die andere Seite vom Bett und betrachte Emmy. Den Kopf hat sie leicht zur Seite gewandt, die Augen geschlossen, und so ruhig, wie sie jetzt daliegt, wirkt sie kaum mehr kindlich. Steffen streicht ihr eine blonde Strähne ins Gesicht, legt sie über die Wange, den Hals, schiebt die Spitze in den Ausschnitt und holt sein iPhone hervor.

»Fast wie Jana«, grinst er, nachdem er ein Foto gemacht hat, und hält mir sein iPhone rüber.

Ich wische über den Screen, und tatsächlich gleichen sich die Positionen der beiden, doch sonst ist die Ähnlichkeit gar nicht so groß. In dieser stillen Pose sieht man, dass Emmy alle Voraussetzungen hat, die Mittelklasse zu verlassen. Ihre Haut wirkt durch den hellen Teint viel feiner, ihre Lippen schimmern vom behutsam aufgetragenen Gloss und haben zudem einen subtilen Schwung.

»So schlecht ist die ja gar nicht, Leo«, sagt Benny schniefend, und er hat recht. Der Schwung sticht sogar die Lippen in seinem Video aus. »Let's see what she really got.« Er zieht ihr die Bluse samt BH über den Kopf und wirft die Sachen zum Fußende, während Steffen die Tür abschließt.

Emmys Brüste sehen weich aus. Die dezenten, geraden Brustwarzen zeigen nach oben, auf mich, und ich höre mich atmen, während ich mit den Fingerkuppen meiner linken Hand über Emmys Bauch streiche. Ich nähere mich den Brüsten, ich bin schon fast dort, als ich die Härchen sehe, die sich wie eine Spur hinter meinen Fingern aufstellen. Das muss am Licht liegen, denke ich, dass sie sich so deutlich abzeichnen, aber plötzlich mischt sich ein Gefühl dazu. Ich spüre die Härchen, als sprängen winzige Insekten auf, als versuchten sie, sich an mir festzubeißen, und da drücke ich meine Hand flach auf Emmys Bauch. Ich halte still, doch das Kribbeln hört nicht mehr auf. Ich merke, wie sich meine Finger krümmen, wie sie sich immer tiefer in das Fleisch krallen, und auf einmal habe ich einen warmen Hautlappen in der Hand. Wie ein Stück Fett fühlt er sich an, ein pulsierendes Geschwulst, das weggeschnitten gehört.

»Pretty nice«, murmelt Benny und massiert Emmys Brüste, und da merke ich, dass Steffen mit seinem iPhone filmt.

Er hält es auf Bennys Hände, eine ganze Weile bin ich nicht im Bild, erst als ich Emmys Rock nach unten ziehe, ihren schwarzen String an den Beinen herabstreife und ihre Vagina berühre, schwenkt Steffen um. Die Vagina fühlt sich ganz anders an, als ich dachte. Wie am Bauch wachsen winzige Härchen auf den Schamlippen. Nur scheinen es hier richtige Stoppeln zu sein, so sehr kratzen sie. Zusammen mit der labbrigen Konsistenz der Schamlippen fühlt sich die Vagina an wie die Haut einer ausgeschabten Kiwi. Ich will schnell mit dem Finger eindringen, vielleicht ist es drinnen anders, aber ich bekomme die Schamlippen nicht auseinander. Steffen filmt wieder Benny, der mit seinen Händen jetzt von den Brüsten nach unten wandert, und ich denke, dass ich mich auf das Gesicht konzentrieren muss. Emmys Wimpern fallen einem erst auf, wenn man genauer hinschaut, weil sie unglaublich zart sind. Sie haben eine elegante Länge. Nach unten hin sind sie leicht geschwungen und lenken die Aufmerksamkeit auf die Wangenknochen und auf die Nase, die unauffällig zum Mund führt. Fast sieht es so aus, als würde Emmy lächeln. Ich öffne meine Hose. Ich drücke Emmy meinen Penis auf die Stirn. Ich reibe meine Eichel an ihrer Wange, doch mein Penis schwillt kein bisschen an. Benny hat zwei Finger in Emmy gesteckt, auch er zieht sich die Hose runter, aber ich konzentriere mich, beginne zu masturbieren, werde allmählich schneller, und wenn ich fertig bin, wird Steffen auf mich zoomen, auf mein Gesicht und meine strahlend weißen Zähne, und dann wird er nach unten schwenken, und dort liegt Emmy mit ihren eleganten Wimpern und der Nase, die zu den subtil geschwungenen Lippen führt, und diese Lippen lächeln nicht einfach nur, nein, sie lächeln hämisch, lächeln über mich, weil mein Penis so aussieht, als würde er in mich hineinkriechen wollen. Benny zieht seine Finger aus der Vagina, schiebt mit ihnen Emmys Kiefer auseinander und stopft ihr seinen erigierten Penis in den Mund.

Nachdem ich meine Hose hochgezogen habe, verlasse ich das Zimmer.

Ich scrolle nach unten und tippe die Taxinummer an, während ich durch das Clubhaus laufe. Als ich aufschaue, kommt mir jemand in einer aufgepumpten Lederjacke entgegen. Die Musik ist längst aus, und es ist niemand mehr da, aber womöglich muss die Hafensecurity erst die Lage checken, bevor der Reinigungsservice seinen Job machen kann, ich habe keine Ahnung. Auf jeden Fall werde ich nicht den Bruchteil einer Sekunde länger hierbleiben, der Typ soll sich selbst umgucken oder Paul fragen, und ich halte das iPhone an mein Ohr.

»Baalberg«, sage ich und bemerke, dass das reine Luft ist, die die Jacke aufplustert, sie ist viel zu groß für Roland, der mir jetzt den Weg versperrt.

Roland atmet flattrig, und Schweiß läuft ihm über das Gesicht wie nach einem exzessiven Cardio-Workout, mit dem er sich übernommen hat.

»Herr Baalberg?«, fragt eine Stimme aus dem iPhone, und ich weiß nicht, was Roland hier noch erwartet hat und was diese viel zu dicke Jacke soll.

»Am Großen Wannsee 4«, sage ich. »Nur für mich«, und ich will an Roland vorbeigehen, da zippt er die Jacke auf, ich sehe die zwei Riemen, die wie verrutschte Hosenträger über seinen dünnen Schultern hängen, und dort unter der linken Achsel baumelt die hellbraune Lederhalterung seines Vaters, die noch abgewetzter wirkt als vor ein paar Jahren auf dem Wohnzimmertisch, und Roland öffnet den Verschluss, zieht die Waffe heraus und richtet sie auf mich.

Das Tuten aus dem iPhone dringt zu mir durch, verstummt, und dann höre ich Rolands heisere Stimme.

»Wir wollten doch zusammen fahren«, sagt er.

Mehr bringt er nicht hervor. Die Waffe zittert in seiner Hand, und ich versuche, den Lauf zu fixieren, als könne ich ihn kontrollieren, sobald er einmal stillsteht, aber das Zittern überträgt sich auf mich, kriecht mir in die Stirn, in den Schädel, sickert in meinen Hals, und ich schließe die Augen, die unter meinen Lidern noch immer zucken, *bitte*, formen meine Lippen, *bitte*, bis auch sie anfangen zu zittern, und Roland sagt, dass er von Benny nichts anderes erwartet habe, »Benny«, wiederholt er, und da kehrt das Bild langsam zurück. Roland hält die Waffe jetzt mit beiden Händen, und die Armlänge, die der Lauf von meinem Gesicht entfernt ist, schrumpft um ein paar Zentimeter, als ich Roland unterbreche.

»Ich hätte dir geholfen, Roland, wenn du gesprungen wärst.«

Roland entgegnet, dass wir längst abgelegt hatten und zu weit weg waren.

»Ich habe Benny gebeten zu warten«, erwidere ich, bekomme das Zittern in den Griff, spreche klarer. »Scheiß auf Roland.«

Die Waffe rückt ein weiteres Stück an mich heran.

»Scheiß auf Roland, das war Bennys Antwort. Ich wollte dazwischengehen, aber ich hatte keine Chance, weil er Paul gegen mich gestellt hat.«

Die Waffe senkt sich auf meinen Hals.

»Du weißt doch, dass Paul alles macht, was Benny ihm sagt, und du hast doch gesehen, wie ich auf die Reling zugelaufen bin, Roland. Ich wollte dich auffangen.«

Kaum wahrnehmbar schüttelt Roland den Kopf.

»Ich habe dir doch damals bei deinem Vater geholfen«, fahre ich fort. »Und ich wäre auch vorhin da gewesen, hätte Benny mich gelassen.«

Die Waffe wandert weiter. Auf Bauchhöhe stoppt sie ab, als hätte sie jemand an einer Schnur nach unten gelassen, deren Ende jetzt erreicht ist.

»Wo ist Benny?«, fragt Roland und zieht die Waffe wieder hoch, richtet sie wieder auf mein Gesicht.

»Im Seitengang«, antworte ich langsam. »In dem Zimmer gegenüber dem Bad«, und Rolands Blick wirkt auf einmal ganz ruhig, einen Moment lang schaut er mich noch an, dann geht er los.

Seine Schritte werden immer schneller, je näher er dem Zimmer kommt, doch es ist verschlossen. Vier, fünf Mal schlägt Roland an die Tür, und es dauert eine Weile, bis sie sich öffnet. Obwohl ich fast am anderen Ende des Clubhauses stehe, kann ich Steffen lachen hören. Beim ersten Schuss renne ich davon.

Mein Dank gilt:

meinen Eltern und meiner Schwester
Thomas
Anna
Alina, Karl, Stefan und Viktor
Aylin, Lisa, Michael und Julia.